世界大奖少年科幻小说

名师名作
科幻主题阅读

不存在的宇宙

未来事务管理局 主编
孙薇 郭凯 武甜静 选编

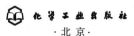
·北京·

图书在版编目（CIP）数据

名师名作科幻主题阅读．不存在的宇宙 / 未来事务管理局主编；孙薇，郭凯，武甜静选编． -- 北京：化学工业出版社，2025.6． -- （世界大奖少年科幻小说）．
ISBN 978-7-122-47668-5

Ⅰ．Ⅰ18

中国国家版本馆 CIP 数据核字第 2025HF9577 号

责任编辑：汪元元　笪许燕　　　　特约策划：李兆欣
责任校对：李雨晴　　　　　　　　　封面设计：史利平

出版发行：化学工业出版社
　　　　　（北京市东城区青年湖南街13号　邮政编码100011）
印　　装：北京新华印刷有限公司
880mm×1230mm　1/32　印张9½　字数147千字
2025年6月北京第1版第1次印刷

购书咨询：010-64518888　　　　　售后服务：010-64518899
网　　址：http://www.cip.com.cn
凡购买本书，如有缺损质量问题，本社销售中心负责调换。

定　　价：45.00元　　　　　　　　　　版权所有　违者必究

参编人员名单

○

名师大语文部分由以下人员编写：

焦玫

清华大学附属小学语文高级教师，儿童阅读推广人，海淀区语文学科带头人，海淀区优秀班主任和创新班主任，海淀区班主任带头人。

申旭兵

清华大学附属小学语文高级教师，北京师范大学儿童文学硕士。

序

作为清华大学附属小学的一名语文老师、儿童文学阅读推广人，我以大语文视野，聚焦当下少年儿童多学科、跨领域阅读的需求，给学生们开了一门科幻小说的主题阅读课。每当孩子们走进教室，共同打开科幻小说的那个瞬间，我仿佛和他们一起踏上了神域阿斯加德那座绚烂的彩虹桥。

科学与魔幻的桥梁

漫威世界中的彩虹桥早已不同于北欧神话中的彩虹桥。它是神奇力量的所在，也是连接不同宇宙与世界的通道。对于这座炫彩而美丽的彩虹桥，雷神说："你们的祖先称为魔法，你们现在称为科学的东西，在我们这里其实是一回事。"从某种意义上来说，这种说法也适用于科幻小说！

科幻小说作家阿瑟·C.克拉克认为,所有奇妙的高科技,均与魔法无异。世界上第一部科幻小说《弗兰肯斯坦》写的就是在实验室里创造生命的故事,这是第一次工业革命之初对科技发展的思考。H.G.威尔斯的《时间机器》通过科技手段,让人们如同神仙一般可以在时间中穿梭,因为早有物理学家认为世界是由无数个平行宇宙构成的。当孩子们对哈利·波特的魔幻世界万分着迷的时候,不妨带领他们读一读科幻小说,相信他们会看到科学的世界一如魔法,同样华丽神奇,甚至更加时尚炫酷!

一方书桌与浩瀚宇宙的桥梁

每日的校园生活既充满乐趣,同时也是两点一线的重复。在这样的生活中,我们每个人不仅需要"脚踏实地",还需要"仰望星空"。

守一方书桌,打开一本科幻小说,浩瀚宇宙在眼前缓缓展开……沉浸在故事中的孩子们,也许正跟着凡尔纳的"哥伦比亚大炮"起飞,经历了人类第一次探月;也许在威尔斯的《星球大战》中遇到了形形色色的外星人;或者已经到了阿西莫夫的《基地》,在时间与空间的尽头寻找新的出路……在科幻小说中你能抵达无尽的远方,也可以如蚁人一样走进原子的世界;你可以返回地球初生的时光,也可以在太阳系崩塌的时候去为人类寻找新的家园。打开科幻小说就是打开了一扇扇新世界的大门。

昂扬向前与反省忧思的桥梁

沉浸于科幻小说的世界，并不是对现实学习和生活的逃离。近年来，科幻小说，尤其是中短篇科幻小说也走进了中高考的视野，频频成为课内外语文阅读甚至是考试的资源。课外阅读推荐书目里，无论是凡尔纳的《海底两万里》，还是刘慈欣的《三体》三部曲、张之路的《非法智慧》，在阅读中都会给学生带来深远的思考，帮助他们形成正确的价值观，并对未来有自己的思考与认知。比如，凡尔纳的科幻小说中充满对新世界的向往，对科技发展的乐观，以及冒险与探索精神。凡尔纳曾乐观地说："凡是能想象到的事物，就一定有人能将它实现。"引领孩子们阅读科幻小说，鼓励孩子们相信科学，积极探索，这样他们才能更好地把握未来。

科幻小说也促进少年求异思维的发展。科学的发展是没有边界的吗？一切是顺应人性，还是让位于先进的科学？《世界大战》展现了外星生物带来的危机；《记忆传授人》中的人类完全按部就班，科学分工，用药物抑制情感；《北京折叠》中描述的未来真的会来吗……一部部精彩纷呈的科幻作品，不仅仅为我们呈现出一个个绚丽多姿的视觉世界，更启发我们沉心静气，深入思考。

精准与浪漫的桥梁

我教过很多学生，有一类学生非常喜欢阅读科普作品、百科全书，他们不喜欢童话，不喜欢文学作品，认为那是假的。还有一类学生酷爱文学，从故事起步，沉醉于虚构的世界，完全不喜欢纯粹传授科学知识的书籍。课余，经常有学生会拿着一本科幻小说来问我，科幻小说里的内容是科学更重要，还是故事更重要？这时，我就会引用刘慈欣的一段话来回答。刘慈欣说："科学技术本身有着深厚的美学内涵，科幻小说则是努力用文学语言来表现这种美。"确实，即使是在那些被称为硬科幻的作品中，读者依旧可以感受到文学创造的神奇世界。当然也确实有孩子因为从小爱读科幻小说，而迷上了物理、天文、数学、化学、生物、计算机等学科，从而水到渠成地对他们的课内学业大有裨益，有些孩子甚至因此长大后走上了科学研究的道路，或是成为各行各业的专家学者。

科学是精准的，文学是浪漫的，科幻小说恰好成为二者的桥梁。科学技术不断发展，让我们所在的世界有了无限的可能；科幻小说里面充满人们对科学飞速前进的渴望，小说家们则用浪漫的想象为科学探索插上了翅膀。

"名师名作科幻主题阅读"系列选集的编选理念，正好与我们语文教学研究中提倡的大语文思维非常契合。首先，这套小说的内容品质是有保障的。入选作品是获得过雨果奖、星云奖、银河奖、引力奖、轨迹奖、阿西莫夫奖等世界科幻小说知名奖项的精品，入选作家也都是世界科幻小说黄金时代的代表作家。其次，小说涉及的科学门类丰富，科学领域众多——语文、物理、化学、地理、历史、生物、计算机等学科知识背景融入其中；文学、历史、哲学、艺术、社会、科学、博物等领域均能覆盖。

对每一篇选文，我都从语文阅读理解和写作的角度进行详细的分析和解读，将之归纳为"名师大语文"版块，分名师导读、科学背景、思维拓展三个小栏目。其中，科学背景部分邀请了我校优秀青年科学教师张懿老师进行审读，之后又请中科院的两位科学家进行把关，以确保拓展内容的严谨性。

希冀这套书能引领孩子们顺利进入科幻小说的世界，踏上彩虹桥。科学与幻想的双翼将帮助他们进入时空的舞台，去欣赏、去感悟、去积极探索！

清华大学附属小学 焦玫

目录

冷酷的等式 /001
〔美〕汤姆·戈德温/著
宝树/译

追赶太阳 /045
〔美〕杰弗里·A.兰迪斯/著
罗妍莉/译

怪星 /079
〔英〕H.G.威尔斯/著
罗妍莉/译

背渊心悦 /101
〔美〕莎拉·平斯克/著
罗妍莉/译

冰 /144

〔加〕里奇·拉尔森/著
傅临春/译

一跃万丈 /166

〔美〕杰伊·沃克海瑟/著
何锐/译

有客自南方来 /196

韩松/著

圆周率 /213

赵佳铭/著

托卡马克兄弟 /244

七格/著

一骑绝尘 /265

张帆/著

冷酷的等式

[美]汤姆·戈德温/著
宝树/译

他并不是孤身一人。

向他指出这一事实的,是他前方控制面板表盘上的白色指针。控制室内只有他一个人,除了引擎的嗡嗡声外,别无其他声响。但白色指针移动了。当这艘小飞船从"星尘号"发射出去的时候,指针指向零。现在,一个小时以后,它爬高了。它显示出,在房间另一头的补给柜内,有个辐射出热量的物体。

这只可能是一种物体——一个活着的、人类的躯体。

他在飞行员座椅上向后靠去，缓慢地深吸了一口气，思考着他必须要去做的事。他是一名紧急派遣飞船的飞行员，很久以前对于死亡的场景便已泰然处之，也深谙如何用没有情绪的客观目光去看待另一个人的死亡。此刻他没有别的选择，但要让他穿过房间，冷静而有意识地夺走一个从未谋面的人的生命，也还是需要一点点时间去准备的。

当然，他会去做的。这是法律，清楚明白地记载在《星际法规》第八章第50条中："任何未经允许进入急遣船中的乘客，被发现后该机执行人员应立即将之抛出。"

这是法律。不允许上诉。

这条法律是针对太空边疆的特殊环境而特别制定的。超空间引擎的发展让人类加快了在银河系内的扩张，当人们散落在辽阔的边疆时，和孤立的新建殖民地以及探险队的联系便成了问题。地球人通过努力造出了巨大的超空间巡航舰，但时间太长，耗费也昂贵，结果数量有限，很多小殖民地都没有。巡航舰把殖民者带到新世界去并定期来回，按照严密的日程表运行，但是它们无法停下来，转去拜访那些本来安排在其他时候访问的殖民地——这样的耽搁会摧毁整个行程，并可能会给地球与新世界之间复杂的彼此依赖关系带来致命的打击。

某个原先没有安排通航行程的世界，若有紧急情况发生，地球方面就要想办法运去补给或支援，这种方法就是派出紧急派遣飞船。这种飞船体积小巧，而且可以折叠，在巡航舰的货舱内只占有很小的空间。它们以轻金属和塑料制成，靠燃料耗费相对较少的小火箭引擎驱动。每一艘巡航舰都带有四艘急遣船，当巡航舰收到请求援助的信号后，就会进入常态空间，把一艘带有补给和人员的急遣船发射出去，然后再次进入超空间，继续其航程。

巡航舰通过核转化器获取能量，而非使用液体火箭燃料。但核转化器太大也太复杂了，无法安装在急遣船上。因此巡航舰只能同时携带着笨重而有限的液体火箭燃料。巡航舰的计算机会算出每一艘急遣船所需燃料的精确数量。航线的坐标、急遣船的质量、飞行员和货物的重量都会纳入计算，其结果非常精确，毫厘不差，不会忽略急遣船上的任何东西。

"星尘号"巡航舰接到了沃登星球的一个勘察组的求援：该组的六名组员被绿卡拉蚊所带来的高热侵袭，而他们的营地又遭遇了龙卷风，因此携带的血清都毁掉了。"星尘号"于是按正常程序进入了常态空间，把带着高热血清的急遣船发射出去，然后复归超空间。现在，一个小时后，仪表指示说，在补给柜里的东西，可不只是一小盒血清。

他让自己的目光停留在橱柜的窄小白门上。那里面有一个活人在呼吸，可能这个人觉得，就算飞行员发现了自己的存在也为时已晚，无法改变。的确为时已晚。

没有别的选项。如果这个偷乘客没有被及时发现，那么偷乘客给急遣船带来的额外质量，在急遣船减速时就会耗费额外的燃料，而偷乘客耗费的这一点点额外的燃料，可能直到飞船即将抵达目的地时都不会被注意到。然后，在离地面一定的高度时——也许近到只有300米，也许远到有几千米，这依赖于飞船和货物的质量，以及之前减速的时间而定——燃料短缺的后果会突然显现。急遣船将会急速耗掉最后几滴燃料，然后呼啸着自由落体。飞船、飞行员、偷乘客撞地时会混成一团，成为融合了金属、塑料、血肉的残骸，撞入土地深处。

偷乘客登上飞船的那一刻，便宣判了自己的死刑。不能让偷乘客连累其他七个人一起送命。

他再次看了看那泄露秘密的白色指针，然后站起身。他必须要做的事情，对双方来说都是不愉快的，越快结束越好。他走过控制室,站在门边。

"出来!"他发出严厉突兀的命令,盖过了引擎的嗡嗡声。

他似乎能听到橱柜里某种鬼鬼祟祟的声音,然后又一片寂静。他似乎能看到偷乘客瑟缩在橱柜的一个角落里,忽然害怕起自己行为的可能后果。

"出来!"

他听到偷乘客移动着,他等待着,眼睛警惕地盯着门,手放在腰间的爆能枪边。

门开了,偷乘客从里面走了出来,带着微笑,"好啦,我投降了,现在怎么办?"

是一个女孩。

他瞪着对方,哑口无言,手从爆能枪边上滑落。眼前的景象仿佛让他毫无准备地挨了重重一拳。站在他面前的偷乘客是一个才十几岁的女孩,一头棕色的卷发,穿着白色的吉卜赛式凉鞋,个子才到他的肩膀。她身上带着淡淡的甜香,仰头微笑着,天真无畏的眼睛直视着他,等待着他的回答。

现在怎么办?要是一个男人敢这么问他,他就会用干脆有效的行动予以回答。他会收缴偷乘客的 ID 盘，让他走进气闸室。要是偷乘客拒绝服从，他就会使用爆能枪。这花不了很长时间，一分钟以内这家伙就会被弹入太空。

他回到座椅上，做了个手势，让她坐在他身边，那里有一个放引擎控制装置的箱体，可以当凳子。她服从了，他的沉默让她不敢再露出笑容，而转为一种温顺的神态，好像一条小狗在干坏事的时候被抓住了，知道自己必须被惩罚。

"我错了，"她说，"你还没告诉我，现在你要拿我怎么样？罚款呢，还是？"

"你在这里干什么？"他问，"你为什么躲在这艘急遣船上？"

"我想去见我哥哥盖瑞。他在沃登星球的勘察组里工作。自从他离开地球以后，我有十年没见到他了。"

"你搭乘'星尘号'是要去哪里？"

"弥米尔星。那里给我提供了一个工作机会。我哥哥一直给我爸妈还有我寄钱。他帮我交学费，让我去上专门的语言班。我努力学习，提前毕业了，所以他们让我去弥米尔星上工作。我知道盖瑞的工作还有一年才能结束，然后他会上弥米尔星跟我会合。我很久都没见到他了，我可不想再等上一年，我想现在就见他。我躲在橱柜里，那儿有很大的空间。我情愿交罚款，我们家只有我们兄妹两个——盖瑞和我。我大概违反了某些法规吧……"

从某种意义上来说，她对法律的无知也情有可原。她是地球人，没有意识到太空边疆的法律必须像催生它们的环境一样死硬无情。因此，在通往"星尘号"急遣船存放舱室的门口有一块警示牌，上面写得清清楚楚，谁都能看到：未经授权 不得入内。

"你哥哥知道你搭乘'星尘号'去弥米尔星吗？"

"哦，知道。我离开地球前一个月就给他发了一条太空电报，告诉他我毕业了，要乘坐'星尘号'去弥米尔星。我已经知道他再过一年要去弥米尔星。他升职了，会常驻在弥米尔星，不用像现在这样，一次出去一年进行野外勘察。"

沃登星上有两个不同的勘察组。他问道："你哥哥叫什么名字？"

"克洛斯，盖瑞·克洛斯。他在第二组，他的地址上是这么写的，你认识他吗？"

请求血清的是第一组，第二组在1.3万千米外，隔着大西海。

"不，我没见过他。"他说道，同时转向控制面板，将减速率降到重力加速度的一成，他知道这不能改变最后的结局，不过为了推迟结局的到来，他唯一能做的事只有这个。减速率改变的感觉好像是飞船突然掉了下去，女孩一惊，不自觉地半站了起来。

"我们现在飞得更快了，是吗？"她问道，"为什么要这么做？"

他告诉她实话："为了暂时节省一点燃料。"

"你的意思是，我们没有很多燃料吗？"

他暂未说出那个很快就得告诉她的答案，而是问道："你是怎么偷偷上船的？"

"就是趁没人看到时走进来的啊，"她说，"我正在跟一个在补给部门做清洁的格兰尼星女孩练习讲格兰尼语，这时有一个人进来了，要提走给沃登星勘察组的补给品。这样就没人留意到我了。在飞船准备好出发、你进来之前，我溜进了补给柜。我就是一时冲动，我想只要我偷偷上了船，很快就能见到盖瑞了——但是，我看你的表情这么严肃，我觉得我的行为也许不太明智。"

"不过，我是一个模范罪犯，不，我是说囚犯。"她又朝着他微笑了,"除了罚款之外,我还愿意支付我在沃登星上的费用。我能做饭,能给每个人缝衣服,我知道怎么做一切有用的事,我甚至还懂得一点护理知识。"

"你知道勘察组的人要求的是什么补给吗?"

"问这个干吗?不知道。我猜是他们在工作中要用的设备吧。"

为什么她不是一个怀着不可告人动机的男人?比如一个逃犯,希望在荒凉的新世界消失;或是一个投机者,希望去一个新的殖民地找到金羊毛而发财致富;又或是一个妄想狂,打算要——

也许每个急遣船的飞行员在飞行生涯中都会有一次在船上发现这样一个偷乘客的机会:扭曲反常的男人,卑鄙自私的男人,粗鲁危险的男人——但是从未有人遇到过一个微笑的蓝眼睛女孩,她愿意支付罚款,并为了留在船上而努力工作,只为了见到她的哥哥。

他转向控制面板,扭动一个开关,向"星尘号"发射信号。呼叫是徒劳无用的,但是他不能在耗尽了虚妄的希望之前就抓住她,把她塞进气闸室,好像是对一个动物或男人那样。这种短暂的拖延对急遣船来说不会有什么危险。

一个声音从通信器里传出:"这是'星尘号',表明你的身份和意图。"

"我是巴顿,急遣船34G11,紧急情况,请给我转接德尔哈特指挥官。"

当请求接入到适当的频道时,传来一阵轻微杂乱的噪声,女孩看着他,不再带着笑容。

"你是让他们来抓我吗?"她问道。

通信器滴了一下,一个遥远的声音说道:"指挥官,急遣船要求——"

"他们要来抓我吗?"她又问,"我还是不能去见我哥哥吗?"

"巴顿?"德尔哈特指挥官粗声大气的嗓音从通信器中传出,"什么紧急情况?"

"有一个偷乘客。"他答道。

"一个偷乘客?"指挥官略带讶异地询问,"这倒是不常见,不过为什么你按紧急情况呼叫呢?你及时发现了他,就不会有什么明显的危险,我想你也告诉了飞船记录部,这样能通知他最近的亲属。"

"偷乘客还在船上,情况很特殊——"

"特殊?"指挥官打断了他,声音里有着不耐烦,"他们能有什么特别的？你知道你只有有限的燃料，你也和我一样清楚法律的规定：'任何未经允许进入急遣船中的乘客，被发现后该机执行人员应立即将之抛出。'"

女孩骤然发出倒吸一口气的声音。"他是什么意思？"

"偷乘客是一个女孩子。"

"什么？"

"她想去见她哥哥。她还是个孩子，根本不知道她实际上在干什么。"

"我懂了，"指挥官口吻中的粗暴消失了，"所以你呼叫我，希望我能做什么？"他不等答案就说了下去，"对不起，我什么也做不了。这艘巡航舰必须按日程行进。这关乎很多人的性命，不是一个人。我知道你的感觉，但我没办法帮你。你必须把这件事办完。我会把你转到飞船记录部。"

通信器的声音静默了，只有微弱的沙沙声。他转向女孩。她在座位上向前探出几乎是僵硬的身体，她的眼睛流露出惊吓，大大地睁着。

"他是什么意思啊？把事办完？把我抛出……把事办完——他是什么意思？他不可能是那个意思。他是什么意思？他到底是什么意思啊？"

她剩下的时间太短了，以至于就算要安慰她，都会显得很空洞。

"就是字面意思。"

"不！"她缩了回去，好像挨了打一样，她半抬起一只手，仿佛要挡住他，眼神里满是惊惧。

"这是不得已的。"

"不！你在开玩笑，你疯了！你不可能是认真的！"

"对不起，"他缓慢而又温柔地对她说，"我应该刚才就告诉你，我应该的。不过我首先得想办法。我必须得呼叫'星尘号'。你听见指挥官的话了。"

"但是你不能——如果你让我离开飞船，我会死的。"

"我知道。"

她审视着他的脸，眼神里多了些茫然。

"你——知——道？"她一字一顿吃力地说。

"我知道，但只能这样。"

"你是认真的，你真的是认真的。"她靠在墙壁上，柔弱无力得像一个小布娃娃，一切抗议和怀疑都消失了。

"你要让我去死？"

"对不起，"他又说了一遍，"你不知道我有多抱歉。但只能这样，全宇宙都没有人能够改变这件事。"

"你要让我去死,可是我没有干任何该被处死的事——我什么也没有干——"

他疲惫地长叹了口气:"孩子,我知道你没干,我知道你没有——"

"急遣船——"通信器发出急促的金属音,"这里是飞船记录部,请把偷乘客ID盘上的所有资料发给我们。"

他离开座椅,站在她面前,她紧抓着座椅边沿,仰着头,棕发下的脸蛋惨白,口红的颜色凸显出来,像是血红色的丘比特之弓。

"现在?"

"给我你的ID盘。"他说道。

她松开了座椅的边沿,用颤抖笨拙的手指摸索着脖子上的项链,那里挂着她的ID盘。他俯身,解开上面的扣子,然后拿着盘回到椅子上。

"记录员,这是你要的资料,身份号是T837——"

"等等,"记录员打断道,"这是要存入灰卡的吧?"

"是的。"

"那么处决时间是?"

"我待会儿告诉你。"

"待会儿？这是完全不合常规的。必须首先告知对象的死亡时间再——"

他努力让自己说清楚："那么我们就稍微不合常规一点吧，我先把ID盘上的内容读给你。她是一个女孩，她正在听着我说的话，你能明白我的意思吗？"

记录员短暂地沉默了片刻，似乎也被震惊到了，然后他温和地说："对不起，请继续。"

他开始读出盘上的内容，读得很慢，尽可能延长那不可避免的时刻的到来，尝试多给她一点他能给的微末时间，让她从最初的恐惧中恢复过来，能以平静来接受和顺从。

"编号T8374，破折号，Y54。姓名：玛丽琳·李·克洛斯。性别：女。生于2160年7月7日。（她只有18岁啊。）身高：161厘米。体重：50千克。（她的体重很轻，但对蛋壳一样轻薄的急遣船来说，已足以在质量上增加致命的分量。）头发：棕。眼睛：蓝。肤色：白。血型：O。（无关紧要的资料。）目的地：弥米尔星港口城。（这一点已经作废了——）"

他念完了，说："我会再打给你。"然后又转向女孩。她蜷缩在墙边，用一种麻木的眼神看着他。

"他们在等着你杀了我，是不是？他们想要我死，是吗？你，还有巡航舰上的人都要我死，不是吗？"她像是一个被吓坏的、不知所措的孩子，"每个人都想要我死，可是我什么也没干过！我没有伤害任何人，我只是想要见我哥哥。"

"不是你想的那样，根本不是那么回事。"他说，"没有人想要这样的，假如人力能够改变，没有人会这么办的。"

"那为什么要这样啊！我不明白。为什么？"

"这艘船带着卡拉热的血清去给沃登星上的第一勘察组。他们自己的血清被龙卷风毁掉了。第二组也就是你哥哥在的那一组，在1.3万千米外，隔着大西海，他们的直升机没法飞过去帮第一组。要是血清不能及时送到，得了高热的人必死无疑，第一组的六个人就会送命，除非这艘飞船能够按时抵达。这些小飞船的燃料总是刚好能到达目的地，而如果你留在船上，你额外的重量会让它在落地前就耗尽所有燃料。它会坠毁，你我都会送命，而等着这些血清的六个人也死定了。"

她沉默了一分钟，当她思考着他的话语时，她目光中的呆滞也消失了。

"是这样吗？"她最后问道，"只是因为飞船没有足够的燃料？"

"是的。"

"要么我一个人死,要么其他七个人和我一起死,是这么回事吗?"

"是这么回事。"

"没有人想要我送命?"

"没有人。"

"那么也许——你确定不能做点什么吗?如果别人能帮我的话,他们会帮忙吗?"

"大家都想帮你,但是谁都做不了什么。我刚才呼叫了'星尘号',这也是我唯一能做的事。"

"它飞不回来——但也许有其他的巡航舰呢,不是吗?也许在哪里有什么人,能做点什么帮我呢?难道连一点点希望都没有吗?"

她微微倾向前方,急切地等待他的答案。

"没有。"

这个词如冷冷的石头落下,她再次靠在墙壁上,脸上的希望和急切都不见了。"你确定吗?"

"我确定。在40光年以内,没有其他的巡航舰。没有什么人或什么东西能改变这件事了。"

她垂下头,看着自己的双腿,用手指拧着裙子上的褶子,渐渐理解了这冷酷的现实,不再说话了。

这样要好一些。当一切希望都消逝,恐惧也会消逝;当一切希望都消逝,便只有顺从。她需要时间,可她只有那么一点点时间。有多少呢?

急遣船并未配备船体冷却装置,在进入大气层之前,其速度必须降低到适当水平。而他们在以原先一成的重力加速度减速,因此要用比计算机安排的高得多的速度在接近目的地。当"星尘号"发射出急遣船的时候,已经相当接近沃登星了。他们目前的速度让他们每一秒都离沃登星更近一分。很快就要达到一个临界点,他必须重新开始减速。此时女孩的重量乘以减速的重力,将立刻成为一个极端重要的因子,而在决定急遣船的燃料用量时,计算机根本没有算入这个因子。减速开始时她就必须离开,没有别的法子。那将是什么时候呢?他还能让她在这里待多久?

"我还能待多久?"

这句话让他仿佛听到了自己思想的回声,他不禁微微一颤。多久?他不知道,他得问巡航舰上的计算机。每一艘急遣船都稍微多给了一些燃料,以备在大气层中碰到恶劣的天气,现在还只是消耗了较少的燃料。计算机的存储库中还有关于急遣船航线的一切数据。只有当飞船到达目的地后，这些数据才会被消除。他只需要把新的资料给计算机：女孩的体重以及他将减速率削减为一成重力加速度的精确时间。

"巴顿！"他正要开口呼叫"星尘号"，德尔哈特指挥官的声音忽然从通信器中传来，"我问过记录员，他说你还没有完成报告。你降低减速率了吗？"

看来指挥官知道他一直尝试干的是什么。

"我正以一成的重力加速度在减速，"他答道，"我在17点50分降低减速速度。增加的质量是50千克，在计算机允许的情况下，我想要保持一成的减速速度。你能问问计算机的计算结果吗？"

急遣船飞行员对于计算机设定好的路线或减速率加以改变，是违反规定的，不过指挥官并没有提起这件事，也没有问理由是什么。他没有必要问，他能当上一艘星际巡航舰的指挥官，自然足够聪明，理解人性。他只是说："我会把数据给计算机的。"

通信器又沉默了，他和女孩等待着，谁也没有说话。他们不用等待太久，计算机片刻后就能给出答案。新的因子会被输入第一存储库的钢铁之胃中，电子脉冲会在复杂的电路里运行。这里或那里某个继电器可能响一下，一个小小的齿轮可能会翻过来，但本质上来说是电子脉冲找到答案的。它无形无状，没有思想，不可看见，却以极高的精确度决定了他身边这个脸色苍白的女孩能活多久。然后第二存储库的五根小小的金属条将以高速此起彼伏地碾压过一根墨带，第二钢铁胃将要吐出一张纸条，上面印着答案。

当指挥官再次说话时，设备面板上的精密计时器显示为18点10分。

"你得在19点10分重新恢复减速。"

她望了一眼精密计时器，眼睛迅速移开了。"那就是……我离去的时间吗？"她问道。他点点头，她又垂下头看着双腿。

"我让人把航线修正资料报给你，"指挥官说，"一般来说我根本不会批准这种事，不过我理解你的处境。除了这个，我没有什么可以做的，而你也不能再偏离这些新的指示。你要在19点10分完成你的报告。下面就是航线修正资料。"

某个不认识的技术人员为他念起资料，他把它们记在控制面板边上夹着的便笺本上。他看到，当他接近大气层时，减速要分阶段进行，将会有五倍的重力：在五倍重力下，50千克会变成500千克。"

技术人员念完了，他简短地道谢后便终止了对话。然后他犹豫了片刻，关掉了通信器。现在是18点13分，在19点10分之前，他没什么好报告的了。让别人听到女孩在最后一小时中可能会说的话，似乎有点不体面。

他开始查看仪表的读数，慢吞吞地进行着毫无必要的检查。她必须要接受自己的处境，而他没法做什么去帮她接受，同情的话语只会适得其反。

18点20分的时候，她摆脱僵硬的状态，开口说话。

"所以，我只能这样了？"

他转身面对着她，"你现在明白了，是吗？如果能改变的话，没人会让事情变成这样的。"

"我明白，"她说。她脸上恢复了一点血色，口红的颜色也不像刚才那么鲜明突出了。"没有足够的燃料能让我留下来。我躲在船上的时候，就惹了大麻烦，我自己还一无所知，现在我得付出代价了。"

她违背了人类制定的一条法律——"不得入内"，但她要接受的惩罚却不是人类所希望的，更不是人力所能取消的。物理学法则规定：1.数量为h的燃料能令质量为m的急遣船平安到达其目的地；2.数量为h的燃料不能令质量为m+x的急遣船平安到达其目的地。

急遣船只遵循物理法则，而人类的同情心就算再多，也不可能改变第二条法则。

"但是我害怕。我不想去死，现在还不想；我想活下去，却没有人来救我。人人都让我这么去做，好像我不会有事一样。我要死了，但压根没人关心。"

"我们都关心你，"他说，"我，指挥官，还有记录部门的职员，我们都关心你，而且每一个人都做了自己能做的一点点事来帮你。这不够——这几乎微不足道——但我们也只能做这些了。"

"没有足够的燃料——那个我能理解，"她说，好像根本没听到他的话，"但是为了这个就要死，我，一个人——"

对她来说，要接受这事实是多么艰难啊。她从未了解过死亡的危险，从未了解过在太空这样的环境里，人的生命是多么脆弱易逝，有如拍在海边石头上的泡沫。她属于温柔的地球，在那个和平安全的社会里，她年轻快乐，可以和同伴们在一起欢笑不断；在那里生命宝贵，被好好地保护着，人们知道明天总会到来。她属于那个风轻日暖的世界，那个有音乐和月光，和蔼可亲的世界，而不是这个冷酷荒凉的边疆。

"这些怎么会发生在我头上，还快得吓人？一小时以前我还在'星尘号'上，满怀期待地前往弥米尔星。现在'星尘号'继续前进，而我却要死了，再也见不到盖瑞、妈妈和爸爸了。我什么都见不到了。"

他犹豫着，想着该怎么解释给她听，让她能真正明白，不至于感觉自己成了一种残酷而毫无理由的非正义的牺牲品。她不知道边疆是怎样的。在地球上，漂亮的女孩不会被扔到船外，法律绝不允许。在地球上她的不幸会在新闻上大播特播，黑色巡逻快艇会赶着去营救她。地球各处，人人都会知道玛丽琳·李·克洛斯，会不遗余力地去拯救她的生命。但是这里不是地球，没有巡逻船只，只有"星尘号"，以超过光速几倍的速度把他们抛在身后。没有人会帮她，明天的新闻广播里也不会有微笑的玛丽琳·李·克洛斯，玛丽琳·李·克洛斯将只不过是一个急遣船飞行员的惨痛回忆，以及飞船记录部门灰卡上的一个名字。

"这里不一样，这里不像在地球老家，"他说，"并不是大家不关心你，而是没有人能做什么来帮你。边疆辽阔无边，殖民地和探险队沿着广袤的边缘散布，星星点点，彼此远离。比如说，在沃登星上只有16个人——整个星球上只有16人。探险队、勘察组，小小的原始殖民地——他们都在和陌生的环境做斗争，为了给后来者创造条件。而环境也在反击，那些第一批去的人往往只犯一次错误就完了，再没第二次机会。在边疆的外缘没有安全地带，直到他们为后来者开拓了道路，直到一个个新世界已经被改造，安定下来。而在那以前，人们就得为自己的错误付出沉重代价，没有人会来帮助他们，因为没有人能够帮助他们。"

"我是要去弥米尔星的，"她说，"我不知道边疆的情况，我只是要去弥米尔星，那里是很安全的。"

"弥米尔星是安全的，但是你离开了把你带到那里去的巡航舰。"

她沉默了一会儿。"一开始一切都那么美好。在这艘船上有足够的空间给我，而我很快就能见到盖瑞了……我不知道燃料的事，不知道我会遇到这种事……"

她的声音逐渐弱下去。他转向了显示屏，不想再看她苦苦挣扎着克服黑暗的恐惧，直到平静下来接受一切。

沃登星是一个球体，笼罩在充满蓝色薄雾的大气层里。它在太空中游弋着，背景是一片死寂的黑暗，上面点缀着群星。曼宁大陆的主体像个大沙漏一样在东海伸展着，而东部大陆的西半边还清晰可见。在球体右面的边缘部分有一条很细的阴影，东部大陆在行星的自转中没入其中。一小时以前，整个大陆还能看见，现在其中有1600千米已经进入了狭长的阴影边缘，转入这个世界另一边的黑夜中。一个暗蓝色的斑点——莲花湖，正在接近阴影。第二勘察组驻扎的地方就是靠近该湖南岸的某处。很快这里就会变成夜晚，当夜晚到来后，沃登星的自转将让飞船无法通过无线电联络第二组。

他必须告诉她可以和哥哥通话的事，要不然就太晚了。某种意义上，若是他们不进行通话，也许对双方更好，但这不是他能决定的。对每个人来说，最后的话别都是值得保留和怀念的，它像刀割一样痛苦，又会是无比珍贵的回忆，将伴随她最后的一段短暂时光和她哥哥余下的整个生命。

他按下了按钮，在显示屏上出现了网格线条，他可以用已知的行星直径来估算莲花湖的南端移动到无线电的范围之外要走多少距离，大约是800千米。800千米，30分钟。现在精密计时器的读数是18点30分。即便考虑到误差，沃登星的转动最晚也将在19点05分卡断她哥哥的声音。

西部大陆的海岸线已经在这世界左边的边沿处进入视

野。再往西6500千米左右是西海的海岸线和第一组的营地。龙卷风就是在西海上产生的，它狂怒地袭击了营地，摧毁了他们半数的预制组装建筑，包括存放医疗物品的那栋。两天以前，龙卷风还不存在，它不过是平静的西海上一些温和气团。第一组出发进行常规的勘察工作，根本没有意识到，海上空气团即将碰撞产生出巨大的力量。龙卷风毫无预警地袭击了他们的营地，雷霆炸响，狂风怒吼，摧毁面前的一切事物。它穿过营地，在身后留下一片废墟。它毁掉了勘察组好几个月的工作，让六个人濒临死亡，然后就像工作完成了一般，再度分解为温和气团。虽然它带来了死亡，但它毁灭一切却既非出于恶意，也没有任何预谋。它是一股盲目而毫无思维的力量，只遵循自然法则，即便在这里没有人类存在，它也会沿着同样的路线，带着同样的狂暴行进。

存在要求有秩序。这秩序便是自然的法则，无法废除，不可变动。人类能够学习使用它们，但是不能改变它们。一个圆的周长永远是 π 乘以直径，人类的任何科学都不可能让它变样。化学品A和化学品B在条件C下的结合会不变地产生出反应D。万有引力法则是一个严格的等式，对于一片叶子的落下和一个双星系统沉重的公转运动来说都同样适用，毫无区别。核转换过程为巡航舰提供动力，载着人类飞向群星；而同样的过程以一颗新星爆发的形式却足以同样有效地毁灭一个世界。法则在那里，整个宇宙服从它们而运行。一切自然力量都在太空边疆伺机而动，有时候它们会毁灭千辛万苦从地球飞来的人们。边疆的人们很早就懂得，诅咒这些可能毁灭他们的力量不过是痛苦而徒劳的，因为它们又盲又聋；朝着天空祈祷仁慈也同样徒劳，银河系的群星以漫长无涯的两亿年周期游弋着，像它们自己一样被冷酷无情的法则所控制，而这些法则不知道仇恨，也不知道同情。

边疆的人们当然明白，但一个来自地球的女孩怎么能够完全理解呢？数量为 h 的燃料不能令质量为 $m+x$ 的急遣船平安到达其目的地。对她的父母和哥哥，以及她本人来说，她是一个容貌甜美的少女。对于自然法则来说，她就是 x，一个冷酷的等式中那个多出来的因子 x。

她再度在座位上动了动。"我能写一封信吗？我想写给爸爸妈妈，还有，我想和盖瑞说话。你能让我用你那边的无线电和他说话吗？"

"我会设法联系他。"他说。

他转到常态空间信号发射机，按下信号键。几乎立刻就有人应答了他的呼叫。

"哈啰，你们那边怎么样了？急遣船在路上了吗？"

"这里不是第一组，这里是急遣船，"他说，"盖瑞·克洛斯在吗？"

"盖瑞？他和两个同事今天早上坐直升机出去了，还没有回来呢。不过差不多已经是日落了，他应该很快就回来了，最多一小时内。"

"你能把我转接到他直升机的无线电上吗？"

"呃，那个无线电坏了两个月了，一些印刷电路出了问题，我们没新的可以换，只有等下一次巡航舰过来了。是什么重要的事吗？是什么坏消息，还是别的？"

"是的，非常重要。当他回来的时候，请以最快速度让他到信号发射机这里来。"

"我会的。我会让一个小伙子开一辆卡车去停机坪等着。还有什么需要我做的吗？"

"没了，我想就这些。把他找来，越快越好，然后给我发信号。"

他把对话的音量调到最小，不过这不会影响到信号蜂鸣器的声音。他把便笺本从控制面板上拿下来，扯下记载有飞行指导的一页，又把本子和铅笔递给女孩。

"我最好也给盖瑞写封信，"她接过它们说，"他也许不能及时回到营地。"

她开始写信，她的手指握笔的姿势显得笨拙迟疑，在写字的间隙，笔的顶端还在微微颤抖。他转回到显示屏，心不在焉地盯着它。

她是一个孤独的孩子，在尽量写下告别的话语，向亲人们表明心意。她要告诉他们，她有多么爱他们，要他们不要太为此难过，这只是一件迟早会发生在每个人身上的事，她并不害怕。最后一句是谎言，从那些歪斜不平的字迹就能看出来。这个勇敢的小谎言会让他们更加肝肠寸断。

她的哥哥是边疆的人，他应该能理解。他不会因为急遣船的飞行员没有救下她而仇视他，他知道飞行员无力挽回。他会理解的，尽管这种理解也不能让他得知妹妹逝去的震惊和痛苦减少半分。但是其他人，她的父母，他们不会理解的。他们是地球人，从未在安全岌岌可危，甚至根本谈不上有安全的地方生活过，他们只会以地球人的方式去思考。他们会怎样去想这个陌生匿名，却把自己女儿处死的飞行员呢？

他们会恨他，咬牙切齿地恨。但这并不重要。他永远不会见到他们，认识他们。只有他的记忆会提醒他，只有那些夜晚会令他害怕，当一个穿着吉卜赛式凉鞋的蓝眼睛女孩进入他的梦中并再次死去……

他紧锁眉头，盯着屏幕，尝试让自己的心念不被情绪左右。他没法做什么去帮助她。她在懵懂无知中把自己置于自然法则的惩罚下，而这法则不在意她是否无辜，有多年轻，或者是不是漂亮，它不懂得同情，也不会宽大。而后悔也不合逻辑，不过就算知道不合逻辑，又怎能避免悔恨呢？

她偶尔停下，好像要找到恰当的词汇去表达她想告诉亲人的内容，然后铅笔又继续在纸上低语。在18点37分她把信折成方块，在上面写上名字。然后她开始写另一封信，中间有两次抬头看了看精密计时器，好像生怕黑色的指针在她写完之前就走到了原定的时间点。在18点45分她把第二封信折叠起来，在上面写上名字和地址。

她把信递给他。"我能请你帮我放到信封里再寄出去吗？"

"当然了。"他从她手上接过这两封信，把它们放进他灰色制服衬衫的一个口袋里。

"这些信直到下一次巡航舰停靠时才能寄出，而那时候"星尘号"早已经告诉他们我的情况了,是吗?"她问道。他点点头,她继续说:"那这些信在某种意义上就不重要了,但在另一种意义上又非常重要,对我和对他们都很重要。"

"我知道,我明白,我会把这事办好的。"

她瞥了一眼精密计时器,然后又看向他。"时间看起来越走越快了,是吗?"

他没有说话,也想不出任何可以说的内容。她又问道:"你觉得盖瑞能及时回到营地吗?"

"我想是的,他们说他应该马上就到了。"

她开始用两个手掌前后揉搓铅笔:"我希望他能回来。我觉得好难受,好害怕,我想再听到他的声音,也许我就不会觉得那么孤单了。我是个懦弱的人,我没办法。"

"不,"他说,"你不是懦弱的人,你害怕,可并不懦弱。"

"这有什么区别吗?"

他点头:"区别很大。"

"我觉得好孤单啊,我以前从没有这种感觉。就好像只有我自己在这里,没有人在乎我会发生什么。可以前总是有爸爸妈妈,还有我的朋友们围着我。我有好多好多朋友,我走之前,他们还为我举办了一个欢送会呢。"

她回忆着朋友、音乐和笑声,而在显示屏上,莲花湖即将进入阴影中。

"盖瑞是不是也一样呢?"她问,"我是说,要是他犯了一个错误,他也会为此而死,没有人能帮他吗?"

"对边疆的人来说都一样,只要有边疆,永远都是这样子的。"

"盖瑞没有告诉我们。他说他赚了好多钱,总是寄钱回家,因为爸爸的小店只能勉强维持生活。但是他从来没有告诉我们边疆是这样的。"

"他没有告诉你们他的工作很危险吗?"

"倒是也说过。他提过几句,但是我们不懂。我总是想,边疆的危险一定很刺激,是那种惊心动魄的冒险,就像在3D电影里一样。"她脸上浮现出一个淡淡的微笑,"只不过根本不是这样的,是吧?完全不是这样的,因为这是真实的世界,你没法在电影放完以后回家去。"

"是啊,"他说,"你没法回去。"

她的目光从精密计时器落到气闸室的门上,然后又回到她手上的便笺本和铅笔上。她稍微挪了一下位置,把本子和笔放在一边的凳子上,把一只脚向外略伸了伸。他这才注意到,她穿的不是正品的维甘牌吉卜赛式凉鞋,而只是便宜的仿冒品。昂贵的维甘皮革是某种有纹理的塑料冒充的,银扣带成了镀银的铁片,而宝石只是染色的玻璃珠。她肯定是在大学中途辍了学,为了谋生和帮哥哥供养父母,专门去上了语言课程,在课后也许还尽可能地打零工赚钱。她在"星尘号"上的个人财产将被送还给她父母,这些东西大概价值无几,在返航的船上也占不了多少存储空间。

"这儿——"她吞吞吐吐,他疑惑地看着她,"这儿是不是有点冷?"她问道,仿佛带着歉意,"你不觉得这里有点冷吗?"

"这个……是啊。"他说,他从主温度表上看到,房间的温度完全正常。"是啊,本该再暖和一点。"

"我希望盖瑞能赶快回来,要不就太晚了。你真的觉得他能赶回来吗?该不会只是为了给我点安慰吧?"

"我想他会回来的——他们说他随时就到。"在显示屏上,莲花湖已经进入了阴影中,只剩下西面的一条细细蓝线。很明显,她可以用来和哥哥通话的时间远不如他估算的多。他不情愿地对她说:"你哥哥的营地几分钟后就会离开无线电的通话范围,他会进入沃登星上的阴影区域,"他指着屏幕,"而沃登星的转动会让我们联系不到他。他就算现在回来也剩不了多少时间,说不了几句就听不到他说话了。我希望我能做点什么,要是可以,我恨不得现在就呼叫他。"

"通话的时间比我能留在飞船上的时间还短吗?"

"恐怕是的。"

"那么……"她下定决心,苍白而坚定地望向气闸室,"那么一旦盖瑞超出无线电的范围,我就上路吧。我不会再多等了,反正没什么东西可以等待了。"

他再次感到无言以对。

"也许我根本就不该等的。也许是我太自私,也许你事后再告诉盖瑞我的事,对他来说会更好。"

虽然这么说,但她说话的神态里却有一种下意识的恳求,让他否定她的想法。他说:"你哥哥不会想要你这么做的,他会希望你等他。"

"他在的地方已经天黑了,是吗?他前面还有整个漫漫长夜的煎熬,而爸爸妈妈还不知道,我不会再回家了,虽然我答应过他们的。我让我爱的每个人都伤心了,我不想这样,我是无意的。"

"这不是你的错,"他说,"这根本就不是你的错,他们会知道的。他们会理解的。"

"一开始,我是那么害怕去死,我是个懦弱的人,只想到我自己。现在我知道自己有多自私了。死亡最可怕的,不是我的消失,而是我再也见不到他们了。我再也不能告诉他们,我没有觉得自己得到他们是理所当然的。我再也不能告诉他们,我知道他们为了让我的生活变得更幸福所做出的牺牲,知道他们为我做的一切。我再也不能告诉他们,我是那么爱他们,远比我告诉过他们的更深。我从来没有跟他们说过这些事情。当你还那么年轻,生活在眼前展开的时候,你怎么会对他们说这些事呢,你生怕这些话听起来感情用事,是在犯傻。

"但当你要去死的时候,就不一样了。你希望在能讲的时候曾告诉过他们,你希望你能跟他们说,对所有那些你曾经说过或干过的坏事,你感到很抱歉。你希望你能够告诉他们,你本来不想伤害他们的感情,你希望他们只记得你一直以来都那么爱他们,比你让他们知道的要深得多。"

"你不用告诉他们这些,"他说,"他们会知道的——其实他们一直都知道。"

"你确定吗?"她问,"你怎么能确定呢?我的亲人对你来说都是陌生人。"

"无论在哪里,人性和人的心灵都是一样的。"

"所以他们会知道我想要他们知道的——知道我爱着他们？"

"他们一直都知道，他们所知道的方式，比你用词语表达的要好得多。"

"我一直在想他们为我做的事情，现在这些小事对我来说是最重要的了。就像盖瑞，他在我16岁生日的时候寄给我一个火红宝石的手镯。它很漂亮，肯定花了他一个月的薪水。但我更记得的，是我的猫咪在街上被车压死的那个晚上，那时我只有六岁，他把我抱在怀里，擦掉我的泪水，告诉我不要哭，说丝丝只是离开一小会儿，只是给自己换一身新的皮毛，第二天早上又会回到我的床脚下了。我相信他，所以不再哭了，上床睡觉，梦见我的猫咪又回来了。我第二天早上醒来时，丝丝果然就在我的床脚下，换了一身全新的白毛，就像盖瑞说过的那样。

"很久以后，妈妈告诉我，是盖瑞在早上四点跑到宠物店，把老板从床上叫起来，那老板气疯了，但盖瑞告诉他，要么他下楼卖给他那只白色的猫咪，要么他就会打断老板的脖子。"

"我们对旁人的记忆总是那些小事，所有那些他们愿意为我们做的小事。你为盖瑞或者你爸爸妈妈也做过一样的事，这些事你忘了，但他们永远也不会忘记的。"

"我希望我做过，我希望他们像这样想起我。"

"他们会的。"

"我希望——"她哽咽了，"我希望，他们永远也不要去想我是怎么死的。我曾经读到过那些在真空里死去的人的模样。他们的五脏六腑都会破碎爆开，肺从嘴里出来，几秒钟以后，他们就变得干瘪变形，丑得可怕。我不想让他们想到我死了以后会变成那样可怕的模样，一次也不要。"

"你是他们的亲人，是他们的孩子和妹妹，他们想到你的时候不会是别的样子，只是你想要他们想到的模样，比如他们最后一次见你的形象。"

"我还是很怕，"她说，"我没法克制。但是我不想让盖瑞知道这个。如果他能及时回来，我要表现得好像根本无所畏惧的样子，而且——"

信号蜂鸣器打断了她，声音迅急而紧迫。

"盖瑞！"她站了起来，"盖瑞来了！就现在！"

他旋开音量旋钮，问道："盖瑞·克洛斯？"

"是的，"她的哥哥答道，声音低沉，暗含紧张，"是坏消息吗？是什么？"

她替他回答了，她紧靠着他，站在他身后，朝向通信器微微弯腰，冰冷的小手搭在他肩膀上。

"哈啰，盖瑞！"她蓄意装出轻松的口吻，只是声音有一点微微颤抖，暴露了她的紧张，"我本来想要见你——"

"玛丽琳！"他叫出她的名字，声音里有突然明白的恐惧，"你在急遣船上干什么呀？"

"我本来想要见你，"她再次说，"我本来想要见你，所以我躲在这条飞船上——"

"你躲在上面？"

"我是一个偷乘客……我不知道这意味着——"

"玛丽琳！"他大喊起来，绝望地叫着一个将要永远离开他的人，"你做了些什么呀！"

"我——这不——"然后她自己表面的镇静也崩溃了，冰冷的小手抽搐着，抓住他的肩膀，"不要，盖瑞——我只是想要来见你，我不是要让你伤心的。不要，盖瑞，请不要生气——"

某种湿热的东西落在他的手腕上，他从椅子里移出来，让她坐进去，把话筒调到适合她的高度。

"请不要生气——不要让我在你的气恼中离开——"

她想要忍住啜泣，却噎住了，发出哽咽声。她哥哥对她说："不要哭，玛丽琳。"他的声音忽然间低了下去，变得无比温柔，把一切痛苦都压制下去。"不要哭，妹妹，你一定不能哭。没事的，小宝贝，一切都会好的。"

"我——"她的下唇不住颤抖，她紧咬住它，"我不想让你不高兴。我只是希望我们能说声再见，因为我马上就要走了。"

"当然，当然。妹妹，这都是不得已。我也不想大叫大嚷的。"然后他的声音变成了一种迅速紧急的询问，"急遣船，你呼叫了'星尘号'吗？你查询电脑了吗？"

"我大概一小时前就呼叫了'星尘号'，它不可能回来。40光年内没有其他的巡航舰了，没有足够的燃料。"

"你确定电脑里的数据对吗？一切都确定吗？"

"是的，你觉得如果我不确定能让这种事发生吗？我做了能做的一切。如果现在还有任何我能做的，我也会尽力去做。"

"他想要帮我，盖瑞。"她的下唇不再颤抖，而上衣的短袖湿了一块，那里有她的眼泪。"可没人能够帮助我，我也不会再哭了。你和爸爸妈妈一切都会好的，对吧？"

"当然——当然会好的。我们会好好过下去的。"

她哥哥的话音开始变得微弱了,他把音量调到最高。"他正在超出通话范围,"他对女孩说,"再过一分钟,就听不见了。"

"你的声音越来越小了,盖瑞,"她说,"你很快要到通话范围外了。我想要告诉你——但是我现在不能再说了。我们很快要说再见了。但是也许我能再见到你。也许我能到你的梦里去,梳着小辫,因为抱着的小猫死了而哭哭啼啼;也许我能变成一股清风吹过你身边,在你耳边说话;也许我会变成一只你曾经告诉我的那种金翼云雀,傻傻地拼命对你歌唱;也许有时候你看不见我,但你知道,我会在那里陪着你。这样想着我吧,盖瑞,永远把我想成这样,而不是——别的样子。"

哥哥的回话在沃登星自转的干扰下含糊得仿佛是耳语:"永远像这样,玛丽琳——永远像这样,而不是别的样子。"

"我们的时间用完了,盖瑞,我必须要走了,再——"她说了半个词便说不下去,嘴巴抽搐,似乎要哭出来。她使劲用手捂着自己的嘴,当她再度说话时,话音变得清晰而真确:"再见,盖瑞。"

最后的几个词从通信器冰冷的金属中传出来,极其微弱,说不出的辛酸,说不出的温柔:

"再见，小妹——"

接下来是一片寂静，她一动不动地坐了一会儿，好像在聆听那句消逝了的话中的回声。然后她从通信器边转开，朝向气闸室，他拉动身边的黑色控制杆。气闸室的内门迅速地滑开了，里面一个小小的空间在静候着她，她走了进去。

她昂头走着，棕色的发卷披在肩膀上。在一成的重力所允许的范围内，她的白色凉鞋踏出坚定不移的步伐，镀银的带扣闪烁着红、蓝和水晶般的光泽。他让她一个人走过去，没有去扶她，因为他知道她不想那样。她走进气闸室，转身面对着他，只有她颈部的明显脉动暴露出她此刻正心跳激烈。

"我准备好了。"她说。

他把控制杆推上去，门在他们之间迅速滑动合上，在她最后的几秒钟里，把她关在一片纯粹的黑暗中。门锁上时，发出了咔嗒一声，然后他猛然拉下红色的控制杆。

空气从气闸室里流出时，飞船微微晃动了一下，墙壁随之一震，好像是什么东西在穿过外门时撞了一下，然后便一片安静，飞船稳定地继续下降。他又把红色的控制杆推回去，关上已经清空的气闸室的外门，然后转身走回到飞行员座椅上，步履迟缓，仿佛是一个疲惫的老人。

回到飞行员座椅上以后，他按下了常态空间发射机的信号键，没有回答，他也不期待有什么回答。她的哥哥得等一整夜，直到沃登星的自转让第一勘察组转回到能够通话的位置。

还没到恢复减速的时间，他等待着，飞船在无休无止的下降中，引擎轻柔地嗡嗡颤动。他看到补给柜温度仪的白色指针回到了零点。冷酷的等式得到了平衡。

他现在是孤身一人了。

某个变形丑陋的东西飞到了他前面，坠向沃登星，在那里她的哥哥还在彻夜等待。空荡荡的飞船里仍然有女孩的存在感，这女孩不懂得，自然力不带仇恨，也没有恶意，却能够残杀一切。看起来她似乎还坐在他身边的箱子上，她说过的话语在她留下的虚空中清晰地萦绕和回响：

"我没有干任何该被处死的事——我什么也没有干——"

汤姆·戈德温，美国科幻小说作家，一生共创作了三部长篇小说和三十多篇短篇小说，代表作是《冷酷的等式》。

名师大语文

名师导读

小说通过主人公巴顿的心理变化来表现矛盾冲突,故事开头就是巴顿的心理活动。当他发现紧急派遣船里不止他一个人的时候,他脑海中清晰地浮现出《星际法规》以及处置这位违法人员的办法。然而,当他看到这位偷乘客是一位花季少女时,他却不知该如何处置了。在了解女孩偷偷登上派遣船的原因后,他的心中更是充满了无限的同情,但在物理学法则和《星际法规》的双重压力下,他又不得不依法行事。他用尽一切办法去帮助女孩尽可能地达成她的心愿——联系女孩的哥哥,让他们能够有时间告别。女孩被抛出派遣船之前,他的步履变得无比迟缓。最后他复归孤身一人时,仍能感觉到女孩的话语萦绕耳畔。这一系列的心理活动,不仅把主人公内心的矛盾与纠结层层剥开,也更让读者感受到面对冷酷的宇宙法则时,人的渺小与无奈。

货运飞船

货运飞船可以通过交会对接为空间飞行器补给货物、提供消耗品和设备材料,从而延长飞行器的在轨飞行寿命,提高宇航员的空间驻留和工作时间,拓展空间飞行器的能力,为空间站上乘员的长期驻留和实现空间站的长期应用提供支持。货运飞船与空间站对接后,将根据空间站的需求分次进行补给。具体任务为:一是补给空间站的推进剂、运送空间站维修和更换所需设备;二是运送宇航员工作和生活用品,保障空间站航天员在轨长期驻留和工作;三是运送空间科学实验设备和用品,支持和保障空间站具备开展较大规模空间科学实验与应用的条件。除此以外,货运飞船还要进行空间科学试验载荷和维修设备等的运输。空间站丢弃的废弃物和生活垃圾等也要随货运飞船下行并在进入大气层后烧毁。

思维拓展

"对每个人来说,最后的话别都是值得保留和怀念的,它像刀割一样痛苦,又会是无比珍贵的回忆,将伴随她最后的一段短暂时光和她哥哥余下的整个生命。"这段话是主人公巴顿视角的表达,说明巴顿对女孩和哥哥的理解。但是,读完文章,我们能够感受到,这段话也是巴顿自己内心最真实的感受。存在要求有秩序。这秩序便是自然的法则，无法废除，不可变动。人类能够学习使用它们，但是不能改变它们。

"群星以漫长无涯的周期游弋着，像它们自己一样被冷酷无情的法则所控制，而这些法则不知道仇恨，也不知道同情。"

女孩被抛出派遣船，冷酷的等式得到平衡，而巴顿的心却再也无法平静。

当我们仰望夜空时，脑海中很容易联想到"小时不识月，呼作白玉盘"这样浪漫的诗句。然而，这篇文章让我们感受到浩渺夜空的无情与冷酷——自然不带仇恨，也没有恶意，却能够残杀一切。所以，我们要常怀一颗敬畏的心，在探索的路上要有大胆的想象，也要有谨慎的求证。

追赶太阳

[美] 杰弗里·A.兰迪斯/著
罗妍莉/译

宇航员们有句箴言：能活下来的着陆就是漂亮的着陆。

假如桑吉夫还活着的话，也许会表现得更好一些。崔茜^①已经尽力了。考虑到各方面的因素，这次着陆比她预期的要出色得多。

钛质支架细如铅笔，原本设计时，就没打算用它来承

---

① 原文为 Trish，帕特里夏的昵称。崔茜的全名为帕特里夏·杰伊·马利根。（本文注释，如无特别说明，均为译者注——编者）

受着陆时的巨大冲击力。薄如纸片的耐压舱板已经变形粉碎，残骸飞到了太空中，散布在面积达一平方千米的月球表面上。撞击前的一瞬，她记起来要把燃料箱炸飞。着陆时倒没发生爆炸，但不管落地的动作多么轻柔，"月影号"也不可能在着陆中保持完好。在一片诡异的寂静中，这艘脆弱的飞船像个被丢弃的铝罐一样，皱成了一团，四分五裂。

驾驶舱已经开裂，从飞船主体上脱落下来，残骸靠在一个环形山的山壁上，等它停住不动了，崔茜解开安全带，慢慢地滑向天花板。她让自己尽力适应着月球的引力，找到了一个完好无损的舱外活动装置，连接到自己的太空服上，然后从形如锯齿的生活舱接口的位置爬出去，爬进了阳光里。

她站在灰蒙蒙的月球表面，睁大了眼睛。她的影子投在面前，仿佛一泓墨汁，被拉成了个奇形怪状的人形。这片崎岖不平的土地上没有半点生机，覆盖着光秃秃的灰黑色阴影。

"壮丽的荒漠。"她轻声低语。在她身后，太阳悬在比山巅高一点的位置，钛和钢的碎片散落在坑坑洼洼的平原上，闪烁着细细微光。

帕特里夏·杰伊·马利根的目光扫过荒凉的月球表面，竭力忍住哭泣。

"要马上行动起来。"她从破碎的船员舱里取出无线电，试了试。什么信号也没有。这是意料之中的事：地球还位于月平线以下，而地月之间没有其他飞船。

她轻易便找到了桑吉夫和特蕾莎。在低重力环境下，他们的遗体扛起来异常轻松。为他们安葬没什么意义，她便把他俩放在两块巨石之间的一隅，面对太阳，朝向西方，对着隐藏在一片黑色山脉后的地球。她想说上几句，却找不到合适的说辞。也许这样反而更好，反正她也不知道桑吉夫的告别仪式应该怎样举行。

"别了，桑吉夫。别了，特蕾莎。我希望——我真希望事情没这么糟糕。我很抱歉，"她的声音近乎窃窃私语，"愿你们与主同行。"

她尽量不去想自己还能活多久。

她逼着自己思考：若是在这里的是她姐姐会怎么做？活下来。凯伦会活下来。她应该这么做：

第一，盘点手头的资源。她还活着，奇迹般地没有受伤。她的太空服还能照常使用。维生系统由太空服上的太阳能电池供电；只要阳光还能照在她身上，她就有空气和水。她在残骸间翻找时，还发现了许多完好的食物包，应该饿不着。

第二，呼救求助。此时此刻，最近的救援力量位于40万千米之外，遥不可及。她需要一架高增益的天线，还有一座能望见地球的山峰。

"月影号"的电脑里本来存有有史以来最精良的月球地图，可惜现在没了。飞船上还有其他地图，如今也与残骸一起散落在各处。她设法找到了一张云海详图——没用——还有一张小小的月面全图，可以提供大致的引导。希望能派上用场。她估计坠毁地点就在史密斯海的东部边缘附近，远处的群山应该就是那个月海的边缘，如果幸运的话，从山上可以看到地球。

她检查了一下太空服。随着指令的发出，太阳能电池板完全展开，犹如超大的蜻蜓翅膀，旋转着面向太阳，闪烁着五颜六色的光泽。她确认过太空服系统充电正常，便出发了。

走近后，她发觉这座山不像从坠毁地点望上去那般陡峭。低重力环境下，攀爬并不比走路困难多少，尽管宽达三米的碟型天线让她保持起平衡来有点勉强。她登上山脊的时候，月平线上一小片蓝影映入眼帘，似是对她辛苦攀爬的奖赏，而山谷另一侧的群山仍隐没在黑暗中。她把肩上扛着的无线电抬了抬，开始穿越下一个山谷。

到达下一座山峰时，地球缓缓从月平线上升起，犹如一颗蓝白相间的弹珠，半掩于幽暗的山脉间。她打开架设天线的三脚架，小心地沿无线电反馈信号搜寻着。

"喂？这里是'月影号'宇航员马利根。紧急情况。重复，遭遇紧急情况。有人听见我说话吗？"

她把拇指从发送按钮上拿开，等待着回应，但除了太阳发出的低低的柔和静电杂音之外，什么也听不到。

"这是来自'月影号'的宇航员马利根。有人听见吗？"她再次停顿。"'月影号'，呼叫任何人。'月影号'，呼叫任何人。遭遇紧急情况。"

"……'月影号'，这里是日内瓦控制中心。信号收到，虽然微弱，但很清晰。坚持住。"她蓦地长出了一口气。

五分钟后，地球的自转使得地面天线离开了信号范围。就在这段时间内，在他们对"月影号"竟还有位幸存者表示惊奇之后，她也获悉了问题的关键所在。她着陆的地点非常接近日夜交替线，恰巧位于月球阳面的边缘地带。月球的自转虽然缓慢，却势不可当。三天后，就该日落了。月球上没有可供避难的场所，让她待着等待长达14天的月夜结束。她的太阳能电池需要阳光才能为她保持宇航服内的空气新鲜。她搜索残骸时没能发现任何完好的储备罐，没有电池，也没办法贮存氧气。

而他们又不可能在月夜降临之前展开营救行动。

太多的不可能了。

她静静地坐在那里，目光越过那片起伏的平原，望向那一弯新月般纤细的蓝色星球，思索着。几分钟后，金石地面站①的天线随着自转进入了信号范围内，无线电噼噼啪啪地重新发出了声响。

"'月影号'，收到了吗？你好，'月影号'，收到了吗？"

"这里是'月影号'。"

她松开发送按钮，在一片寂静中等了很久，等待着她的话语被送往地球。

---

① Goldstone，位于美国加利福尼亚的地面综合测控站，具备发达的天线设施。

"收到,'月影号'。我们确认,开展营救行动的最早时间是 30 天后。你能坚持那么久吗?"

"无论如何,我都会在这里等你们。"她按下了发送按钮。

她等待着,但没有收到回答。金石地面站的接收天线不可能这么快就转到了信号范围之外。她检查起无线电装置,发现电源上的印刷电路板在坠毁时破损了一点,但她看不到任何明显的导线或部件断裂。她用拳头砸了砸无线电——这是凯伦电子设备的第一规则,如果不好使,就敲一敲——然后重新调整了天线的朝向,可是没用。显然里面有什么东西坏了。

要是凯伦会怎么做?她肯定不会坐以待毙。快点吧,妹妹。等日落追上你的时候,你就死定了。

他们听到了她的回答。她只能相信他们听到了她的回答,然后第一时间会来找她。她要做的就是活下去。

碟型天线太过笨重,不便随身携带。除了最基本的生活必需品外,她什么也扛不起。太阳一落山,她的空气就没了。她放下无线电,开始走。

救援行动指挥官斯坦利目不转睛地盯着引擎的 X 光检

测报告。现在是凌晨六点，按照日程安排，他会在六点飞往华盛顿，向国会作证。

"请您决定，指挥官，"引擎机师说，"我们在飞行引擎的X光检测中找不到任何瑕疵，但问题也可能很隐蔽。标称飞行剖面①无须发动机运转到120，所以即便存在问题，叶片也可以扛过去。"

"我们要是把发动机拆下来检查，会耽搁多久？"

"假设引擎没事，一天就够了；如果有事，就要两三天。"

斯坦利指挥官恼火地用手指敲打着桌面。他讨厌仓促做决定。"要是按正常程序走呢？"

"一般我们都会希望重新检查。"

"那就照办。"

他叹了口气，又要耽搁了。天上有个地方，还有人指望他能及时赶到呢——如果她还活着的话，如果无线电信号突然中断不代表其他系统发生了灾难性故障的话。

如果她能找到办法，不靠空气也能活下去的话。

---

① 飞行剖面，指为完成某一特定飞行任务而绘制的飞机航迹图形，是飞机技术要求的组成部分和重要的设计依据，也是形象地表达飞行任务的一种形式。

在地球上,这本该是一趟马拉松式的艰难跋涉;在月球上,却成了一次轻松的闲庭信步。经过16千米的长途行进,她终于找到了一种轻松的节奏:半走半慢跑,或是像慢动作的袋鼠那样蹦蹦跳跳。她最大的敌人是无聊。

她在学院里的伙伴们——部分是出于对她优异成绩的忌妒,正因如此,她才成了他们班上第一个获选去执行任务的人——曾经毫不留情地取笑她要执行这么一趟任务,飞到离月球仅有几千米的地方,却不着陆。现在她有机会近距离观赏一下月球了,比有史以来的任何一个人都近。她很想知道同学们现在怎么想。她这下可有得讲了——如果她能活下来的话。

电压过低的警报声让她从沉思中清醒过来,她开始逐项检查维护清单,一面查看了一下运行记录。舱外活动装置已运行时间:8.3小时。系统功能:尚可。只有太阳能电池板的电流远低于正常值。没过多久,她就找到了症结所在:太阳能电池板上蒙了薄薄一层灰尘。算不上大问题,擦掉就好。现在的前进姿势无法避免把灰尘踢到电池板上,她只好每隔几小时就休息一下,掸掸灰尘。她重新检查了一下电池板,然后继续前行。

太阳在她前方一动不动,只有那弯令人昏昏欲睡的蓝色新月形地球，缓缓旋转着，不知不觉从月平线上滑落，她的心思游移起来。"月影号"执行的是一项很简单的任务——为未来月球基地选址进行的一次低轨道测绘飞行。"月影号"从未有过着陆的打算，无论是在月球上，还是在其他任何地方。

而她终究还是着陆了，她别无选择。

向西穿过荒芜的平原时，崔茜做了些噩梦，梦中鲜血淋漓、不断坠落。桑吉夫在她身边死去，特蕾莎死在实验舱里，硕大的月亮赫然出现在舷窗中，正以疯狂的角度旋转。停止旋转，瞄准日夜交替线——在太阳高度角较低的光线下，更容易看清粗糙的月面。要节省燃料，但也要记住，在与月面相撞前的瞬间立即炸飞燃料箱，以免发生爆炸。

已经结束了。专注当下吧。一脚在前，一脚在后。再走一步。再走一步。

欠压警报再度响起。又积灰了吗？

她低头去看导航辅助设备，这才惊讶地发现，自己已经走了150千米。

无论如何，是该休息一下了。她在一块大石头上坐下来，从大背囊里取出个快餐包，将定时器设置在15分钟。按照设计，食品包装袋上的气密性简易封口与她面罩下半部分的端口正好匹配，要紧的是避免封口进沙。她检查了两次真空密封口，这才拆开包装，塞进太空服，推入食品棒，这样她就可以把头转过去，一块块地啃掉。食品棒硬邦邦的，略带点甜味。

她向西望去，目光掠过平缓起伏的荒原。月平线看上去很平直，不太真实，犹如一幅几乎触手可及的画面背景。在月球上，要保持每小时25甚至30千米的速度轻而易举——如果算上睡眠时间，也许平均下来在16千米吧。她可以走很远很远。

凯伦会喜欢这里的，她向来喜欢在荒无人烟的地方徒步。"真漂亮，很特别，对吧，姐？"崔茜说，"谁能想到灰色竟有那么多种深浅不一的色泽呢？这里有的是人迹罕至的沙滩——遗憾的是到水边的路可太长啦。"

该往前走了。她继续穿过基本还算平坦的地带，尽管到处遍布着大大小小的陨石坑。月亮平坦得令人讶异，只有百分之一的月面坡度超过15度。她轻松地跃过那些小丘，遇到少数几座大一些的，她便绕道而行。低重力环境下，这对行走并不构成什么实际的障碍。她继续前进。她不觉得累，但等查看读数时，才发现自己已经走了20个小时，于是她逼着自己停下来。

睡觉是个问题。太阳能电池板与太空服是分离的,这样设计是为了方便维护;然而二者一旦分离,就无法为维生系统提供动力。最后,她总算找到了一个办法,将那根短短的电缆拉到足够的长度,这样她就能把电池板支在身边,可以躺下而不至于切断电源。她得小心不要翻身。弄好以后,她发现自己睡不着了。过了一阵,她才迷迷糊糊地打了个盹儿。她没有梦见"月影号",而是梦见了她的姐姐凯伦,在梦里,她根本没有去世,只是在装死,跟她开玩笑。

她醒来时晕头转向,肌肉酸痛,然后突然记起自己身在何处。地球悬在月平线上方足有一掌之遥。她站起身,打了个哈欠,朝西慢慢跑去,穿过灰如火药的沙地。

她的双脚与靴子摩擦的位置一碰就疼。她调整了步伐,从慢跑,到弹跳,再到袋鼠跳。这样虽然有点用,但还不够。她能感觉到脚上开始起泡,但也知道没办法脱下靴子来揉揉脚,甚至就连看一眼都办不到。

凯伦曾经逼着她在脚磨出了水泡时继续徒步,并且对她的抱怨和懈怠都毫不留情。她本该在这趟跋涉之前先穿着靴子磨合一阵的。在相当于地球六分之一的重力下,至少疼痛还可以忍受。

过了一会儿，她的脚完全失去了知觉。

遇到小丘，她就跳过；遇到大些的，她就绕过；遇到再大些的，她就只好翻过了。在史密斯海以西，她进入了一片崎岖地段，地形变得高低不平，她不得不放慢速度。山坡上倒是阳光充足，但陨石坑底和山谷仍隐在阴影中。

她脚上的水泡破了，带来一阵钻心的疼痛。她咬住嘴唇免得哭出来，仍然继续前进。又走了几百千米，她来到了泡沫海，路又变得好走起来。她穿过泡沫海，进入丰饶海北部；接着又穿过丰饶海，进入静海。在这趟跋涉的第六天，她必定经过了"静海基地"[①]。她一边前行，一边在月平线上仔细搜寻，却一无所获。她猜测，她大概在几百千米之前就错过那边了。当时为了避开群山，进入汽海，她往北方转，从尤利乌斯·恺撒撞击坑以北的一个隘口走了过去。那个古代的登月地点肯定是实在太小了，除非她刚好在那个位置走过，否则根本发现不了。

"这就好比，"她说，"一路走了这么远，方圆160千米内唯一的旅游景点还关门了。结局一般都这样，对

---

① 英文原文为Tranquility Base，美国宇航员阿姆斯特朗的登月地点，也是静海所在之处（又称"宁静盆地"）。

吧,姐?"

没人被她的俏皮话逗乐,所以过了片刻,她自己笑了起来。

她从迷惘的梦境中醒来,看到黑暗的天空和静止的阳光,打着哈欠,还没有完全清醒就又开始赶路。她啜饮寡淡的温水,尽量不去想这水是用什么回收来的。休息,小心翼翼地清理太阳能电池板,那可是她的命。走路,休息,又睡觉。太阳纹丝不动地悬在空中,和醒来时没有半点差别。第二天依然如此。日复一日,日复一日。

营养包虽是低残留的,但每隔几天还是得蹲下来大便。维生系统无法回收固体废物,所以只能等太空服对废物进行干燥处理,然后将松脆的棕色粉末撒入真空。粉末状沉积物标记出她的轨迹,与黑乎乎的月尘基本看不出差异。

向西走,一路向西,追光逐日。

地球高悬于空中,她要是不伸长脖子仰着头,就再也看不见它了。地球正好到天顶时,她停下来庆祝了一番,开了瓶看不见的香槟,向她想象中的旅伴敬酒。太阳此时高挂在月平线上。经过六天的跋涉,她绕着月亮走了四分之一。

她从哥白尼环形山南端经过，尽可能远离撞击形成的碎石区，又不必翻山越岭。此处地貌诡异，巨石大如房屋，与航天飞机的燃料箱尺寸相仿。有些地方踩上去并不稳固，颗粒状的风化层被乱石堆所取代，还有数十亿年前剧烈撞击时飞溅出的辐射纹。她尽量谨慎地挑选行进路径，任凭无线电打开着，边走边进行实况报道。"这儿得小心脚下，踩着不怎么稳当……出现了一座小丘，你觉得我们是该爬上去，还是绕着走……"

没人发表意见。她凝视着这座岩石嶙峋的山丘，它有可能是个古老的火山泡，尽管她并不曾听说这个地区有火山活跃过。周边地域的情况兴许会很糟糕。要是能爬到山顶上，她就能好好研究一下四周地形，以便寻找合适的前进路线了。

"好吧，大家听好了。在这儿爬山可能很危险，所以跟紧点，看看我把脚踩在哪儿。别冒险——宁可慢点儿，但是安全。有问题吗？"无人作答。"那好吧，爬到山顶，我们就休息15分钟。跟我来。"

穿过哥白尼环形山的碎石，风暴洋平滑如高尔夫球场。崔茜迈开步子，平稳滑行，慢跑着穿越沙地。凯伦和小狗达奇曼似乎总是要么落在后面，要么就远远跑在前面，连影子都看不见。这只笨狗还像小时候一样，跟着凯伦到处跑，尽管自从凯伦去上大学以后，每天都是崔茜给它喂食、给它添水。这会儿凯伦不肯紧跟在她身后，这让崔茜很恼火——她明明答应了让她领头的，但她还是控制住了自己的情绪。凯伦曾经说她是个讨厌的小鬼，她决心表现得像个成年人。不管怎么说，地图在她身上。如果凯伦迷路了，那就是她活该。

她再次稍稍向北偏移，地图上北边地势较为平坦，比较好走。她四下张望，想看看凯伦在不在，结果惊奇地发现，地球已变成了大半个球体，低低挂在月平线上。当然了，凯伦不在，多年前她就去世了。只有崔茜独自一人，身上臭烘烘的太空服磨得她发痒，快把她腿上的皮都蹭破了。她本该好好习惯一下这身衣服的，但谁又想得到她会穿着它跑步呢？

她不得不穿着太空服，而凯伦却不用穿，这不公平。凯伦干过很多她没干过的事，可她凭什么不用穿太空服呢？每个人都得穿，这是规矩。她转身质问凯伦，凯伦报以苦笑："我不用穿太空服，淘气的小妹妹，因为我死了。像虫子一样给压扁，然后埋了，记得吗？"

哦，对，没错。好吧，既然凯伦死了，那她就不用穿太空服了。接下来她们一团和气，又走了几千米，或者一言不发地一起慢慢跑着，直到崔茜忽然冒出一个念头："嘿，等等，你要是死了，又怎么会在这儿？"

"我本来就不在这儿啊，傻瓜，我是你想象出来的。"

崔茜大吃一惊。凯伦不在，凯伦一直都不在。

"对不起！请你回来吧，好吗？"

她一个踉跄，头朝下摔倒在地，沿着环形山的凹坑往下滑去，扬起一蓬尘土。下滑的时候，她疯狂地扭动着身子，尽力保持脸朝下，以免滚动中压坏了背上脆弱的太阳能电池板。等到终于停下，耳边唯有一片寂静，她的头盔面板上添了一道长长的划痕，就像愈合得很差劲的伤疤。幸运的是，双层加固面板挺住了，否则她就没机会看到划痕了。

她检查了一下太空服，倒还算完好，但支撑着太阳能电池板左翼的钛质支架向后弯曲，几乎折断。居然没有其他地方损坏，简直是奇迹。她扯下电池板，仔细观察了一番损坏的支柱，尽可能把它掰回原位，再用两根短电线将一根自动铅笔捆在接头处固定住。反正铅笔也只是额外多出来的负担而已，幸亏她没把它扔掉。她小心翼翼地检查了一下接头的地方，太大的压力是承受不起了，但只要她弹跳得不太厉害，就应该撑得住。不管怎么说，该休息一会儿了。

醒来时，她估量了一下自己的处境。不知不觉间，周围的山慢慢多了起来。下一段路应该会比刚才那段花的时间长。

"你该醒醒了，瞌睡虫。"凯伦说。她打个哈欠，伸个懒腰，回头看了看那一行脚印。这行长长的足迹尽头，地球就像月平线上一个小小的蓝色半球，离得不算太远，在一片四处灰蒙蒙的土地上，成了唯一一个色泽鲜明的点。她说："12天的时间，绕着月亮走了半圈。不错啊，孩子。算不上太好，但也不差了。你是在练马拉松还是在干吗呢？"

崔茜站起身，开始慢跑，双脚不由自主地恢复了固定节奏，她喝了一口水，想冲淡嘴里那股怪味。她没有转身，冲着背后的凯伦喊了一声："快点，我们还有地方要去呢。你来不来？"

阳光如水般倾泻在月面上，几乎看不到影子，简直丧失了立体感。崔茜艰难地寻找着立足之地，在地面上比较平坦的岩石上跌跌撞撞地走着。一脚在前，一脚在后。再走一步。再走一步。

长途跋涉的兴奋早已退去,只留下不屈不挠的胜利决心,而这种决心此刻也已逐渐变成了精神上的麻木。崔茜花时间跟凯伦聊天,把生活上的私密细节讲给她听,暗自希望凯伦会高兴,会说些什么,告诉她自己为她感到骄傲。忽然她注意到凯伦并没有在听,显然是趁她不注意的时候跟她走散了。

她在一条长而蜿蜒的月面谷边停下。它看起来就像河床,等待着暴风雨来填满,但崔茜知道这里从来就没见过水,覆盖在谷底的唯有灰尘,干得像碎成了粉的骨渣。她慢慢爬到谷底,小心不要再跌跤,以免损坏她脆弱的维生系统。她抬头看了看谷顶,凯伦正站在边上向她招手:"来吧!别磨磨蹭蹭的,你这个懒虫——你想永远待在这儿吗?"

"着什么急?我们已经比原计划提前了。太阳还高挂在天上呢,我们都绕着月亮转了半圈了。我们会成功的,费不了什么劲儿。"

凯伦沿着斜坡下来,像滑雪一样滑过粉末般的尘埃。她把脸贴在崔茜的头盔上,紧紧盯着她的眼睛,带着一种近乎疯狂的紧张,差点把她吓坏了。"我的懒妹妹,当然着急了，你绕着月亮走了半圈，你已经走完了好走的部分，从这里开始，前面都是山岭和崎岖的地段，你有6000千米的路得走呢，到时候你的太空服也破了，你要是放慢脚步，让太阳超过了你，然后遇到一个微不足道的小问题，只要遇到一个，你就死定了！死定了！死定了！就像我一样。你不会愿意那样的，相信我。现在让你那懒惰的漂亮小屁股动起来，赶紧走！"

的确，前进速度放慢了。她不能再像从前那样弹跳着下坡了，要不然损坏的支架就会失灵，她就必须停下来费劲地修理。再也没有平整的平原了，四周似乎要么是满地巨石，要么是撞击坑壁，要么就是山岭。到了第十八天，她来到一座巨大的天然拱门前，拱门高耸在她头顶，她敬畏地抬头望着它，好奇在月球上怎么会形成这样的结构。

"肯定不是风化形成的，"凯伦说，"要我说的话，应该是熔岩。它熔穿了一道山脊，继续往前流，留下中间的孔洞；然后经过亿万年的微流星体撞击，粗糙的边缘给磨平了。不过还挺好看，对吧？"

"真是壮观。"

过了拱门，没走多远，她进了一片细针般的晶体形成的密林。起初很小，像草一样，被踩碎在她脚下，但到后来却矗立在她头顶上方，犹如一座座六边形尖塔，色彩斑斓。她在其间默默摸索着前行，被闪耀在蓝宝石塔尖之间的光芒晃得眼花缭乱。晶体丛林最终逐渐稀疏，取而代之的是一颗颗硕大的圆石形晶体，在阳光下闪耀着彩虹般的光辉。是祖母绿？还是钻石？

"我不知道，孩子，可它们挡了我们的路。等把它们抛到我们身后，我会很高兴的。"

又走了一阵，那些闪耀的巨石也变得稀少起来，直至仅余她身边的山坡上几道零星的闪光，最后那些石头都变成了普通岩石，崎岖不平，坑坑洼洼。

到了代达罗斯环形山，月球背面的中央位置。这次她没有庆祝。太阳早已不再懒洋洋地升起，而是不知不觉地朝着她们前方的月平线落下。

"你是在跟太阳赛跑，孩子，太阳不会停下来休息的。你落后了。"

"我累了。你没看见我累了吗？我觉得我是病了。我全身都受了伤。别管我了，让我歇会儿呗。再多歇几分钟，行吗？"

"你死了就可以歇了。"凯伦尖声笑了起来，跟被谁掐住了脖子似的。崔茜突然意识到，她快要歇斯底里了。她突然不笑了。"赶紧接着走,孩子。快走!"

月面在她身下掠过,犹如一台不规则的灰色跑步机。

不管她走得多努力、愿望多美好,也掩盖不了太阳跑到了她前头的事实。每天醒来的时候,太阳就比前一天掉得稍低一点,阳光射入她眼中的角度也略为水平了一些。

在她前方,炫目的阳光下,她看到了一片绿洲,不毛荒漠中一座有草有树的小岛。她已能听到蛙鸣:"呱,呱,呱!"

不对,没有什么绿洲,这是故障警报的声音。她停下脚步,晕头转向。过热。太空服的空调坏了。她花了半天的时间才找到堵塞的冷却阀,又汗流浃背地努力了3个小时,才摸索出一种既能把它疏通开来,又不让宝贵的冷却液泄漏到太空的方法。太阳又朝月平线下落了一巴掌宽的距离。

此时阳光直射在她脸上,岩石的阴影向她爬过来,如同饥肠辘辘的触手,即便是最小的一道黑影也显得饥渴而不怀好意。凯伦出现了,但现在她默然不语,闷闷不乐。

"你为什么不说话?我做错事了吗?我说错话了吗?告诉我吧。"

"我不在这儿,妹妹,我已经死了。我想现在是该你自己勇敢面对的时候了。"

"别这么说,你怎么可能死了?"

"你脑海里是我理想化的形象。让我走。让我走!"

"不行,别走。嘿——你还记不记得,咱们那回攒了一年的零花钱,好买匹马的事?还有那一次,我们发现了一只病得很重的流浪猫,把装满零花钱的鞋盒和小猫带到兽医那儿,他把小猫治好了,却一分钱也不肯收?"

"对,我记得。可不知怎么搞的,我们还是一直没攒够买马的钱。"凯伦叹了口气,"你以为跟个讨厌的妹妹一起长大,我去哪儿她都跟着,不管我干吗她都有样学样,我容易吗?"

"我又不讨厌。"

"你讨厌得不得了。"

"不,我才不讨厌呢,我可乖了。我崇拜你。"

"是这样吗?"

"我真的崇拜你啊!"

"我知道你崇拜我。告诉你吧,孩子,这对我来说也不轻松啊。你以为当人家的偶像很轻松吗?时时刻刻都得充当表率很轻松吗?天啊,整个高中那几年,我每次干点坏事的时候,都只能偷偷地溜出去,悄悄地干,我就知道,要不然我那可恶的妹妹也会跟着学。"

"你没有，你从来没干过。"

"该长大了，孩子。我当然干过。你老是寸步不离地紧跟着我。甭管我干点啥，我知道你马上就要学着干。我得费好大的劲才能保持领先，而你呢，可恶的家伙，学起我来居然毫不费力。你比我聪明——你也知道，对吧？——你以为这让我心里是个什么滋味？"

"好吧，那我呢？你以为我容易吗？跟死去的姐姐一起长大——不管我做什么，别人都要说：'真遗憾，你就不能多学学凯伦吗''凯伦可不会那么干''要是凯伦的话……'你以为我心里又是什么滋味，哈？你倒是轻松了——我却只好照着见鬼的天使标准来活。"

"够倒霉的，孩子，可总比死了强。"

"凯伦，我爱过你，我爱你。你为什么要走？"

"我知道，孩子。我也没办法，对不起。我也爱你，但我得走了。你能让我走吗？你现在能不能做回你自己，别再想成为我了？"

"我……我试试吧。"

"别了，小妹。"

"别了，凯伦。"

她孑然一身,在一片空旷崎岖的平原上,缓缓逼近的阴影笼罩了她。在她前方,太阳几乎已经挨上了山脊。被她踢起的尘土很是奇怪,不是落到地上,而是在离地面半米的地方飞舞。她对此感到迷惑不解,接着看到周围的尘土都无声无息地从月面飘起,她一时还以为又是幻觉,后来才意识到是某种静电放电效应。她继续前行,穿过升起的尘雾。红日如血,天空变成了深紫。

黑暗像魔鬼一样向她扑来。在她身后,阳光只照亮了山尖,山脚则隐没在阴影中。她前方的地面上布满一汪汪墨迹,只能小心找路绕行。无线电定位器开着,但接收到的却只有静电干扰。只有等她所在的位置能看到坠毁地点,才能收到"月影号"发出的定位信标。她肯定离"月影号"不远了,但四周的景物看上去却没有半分熟悉之处。前方——那是她爬上去向地球发送无线电信号的那座山脊吗?她分辨不出。她爬了上去,却不见那颗蓝色弹珠的踪影。是下一座山吗?

黑暗蔓延到及膝处,她不断被隐在黑暗中的岩石绊倒。她的脚步踏在岩石上,蹭出了火花,在她身后,脚印发出微弱的光芒。摩擦发光,她心想,以前还从来没人见过。她现在不能死,已经胜利在望了。但是黑暗不会等待。黑暗伏在她周围，犹如一片未知的海洋，一块块岩石从潮池中突起，探入残阳余晖。随着涌起的暗潮没过她身上的太阳能电池板，欠压警报声又重新响起。坠毁地点肯定就在附近，必定如此。也许是定位信标坏了？她爬上山脊，进入阳光下，绝望地四下寻找着线索。救援队伍现在不是应该已经派出了吗？

只有山顶上还有阳光。她穿过黑暗，朝目力所及处最近的那座最高峰走去，在墨海中踉跄地爬着，终于把自己拽进了阳光里，就像是一个渴望空气的泳者。她蜷缩在这座岩石之岛上，眼看着黑暗之潮慢慢向她涌来，心中一片绝望。他们在哪里？他们在哪里？

地球上，救援行动的相关工作飞速进行着。各项内容都经过了一而再再而三的检查——在太空中，偷工减料无异于自寻死路——但营救任务仍然饱受各种小问题和小延误的困扰，此次执行的若是普通任务，那这些问题不过都属于司空见惯；而由于任务紧急，这些问题就显得格外艰巨。

这次的行动期限太紧了，几乎是不可能完成的任务——准备工作本应耗费四个月时间，而非四周。计划休假的技术人员们主动加班加点，而供应商通常要花上数周时间才能交付的零部件，这次一夜之间就交清了。替换"月影号"的飞船起初被命名为"探索号"，现在则仓促地改称"拯救号"。最后阶段的整合工作也加快了，"月影号"坠毁后还不到两周，运载飞船就已发射到了空间站，比原定时间提前了好几个月；两架航天飞机的推进剂随即跟上，运载飞船也与减速伞进行了匹配和测试。当救援人员在模拟器上演习可能出现的各种场景时，着陆器（引擎已经过检查和更换）则进行了仓促的改装，以便在升空过程中容纳第三个人，并接受了测试，然后发射到与"拯救号"的会合地点。坠毁事故发生四周后，相关设备已经加满燃料、准备就绪，机组人员接受了详细训令，航行路线也已计算完毕。载有机组人员的航天飞机在大雾中发射升空，与轨道上的"拯救号"会合。

在来自月球的意外信号显示"月影号"探险队有一位幸存者之后30天，"拯救号"离开了轨道，直奔月球。

在坠毁地点以西的山顶上，斯坦利指挥官再次将探照灯扫过飞船的残骸，充满敬畏地摇了摇头。"驾驶员真了不起，"他说，"看来她用了地球转移轨道发动机来刹车，然后又用反冲姿态控制系统微调降落。"

"难以置信,"坦尼娅·娜科拉喃喃道,"可惜这样也救不了她。"

帕特里夏·杰伊·马利根的去向被记录在了残骸周围的土壤上。救援队搜完残骸后,只找到了唯一一行脚印,通往正西方,穿过山脊,消失在月平线后。斯坦利放下望远镜。"看不到脚印返回的迹象,看来她是想趁着空气耗尽之前好好看看月亮。"他边说边在头盔里慢慢摇了摇头,"不知道她走了多远?"

"她有没有可能还活着?"娜科拉问道。"她可是个机灵鬼。"

"那也不可能机灵到能在真空里呼吸啊。别自欺欺人了——这次营救任务从一开始就是一场政治作秀,我们根本就没机会在这儿找到活人。"

"话虽是这么说,可我们还是得试一试,对吧?"

斯坦利摇摇头,拍了拍头盔。"等一下,我这该死的无线电出毛病了,我听见了反馈杂音——听着简直有点像人声。"

"我也听到了,指挥官,但是这说不通啊。"

无线电里传来的声音很微弱:"不要关灯。拜托,求你了,别关灯……"

斯坦利转向娜科拉。"听见了……"

"我听见了,指挥官……可我不相信。"

斯坦利拿起探照灯,开始扫过月平线。"喂?'拯救号'呼叫宇航员帕特里夏·杰伊·马利根。见鬼,你到底在哪儿?"

太空服原先是纯白的,现在已被月尘染得灰扑扑的了,只有她背上弯弯曲曲、凹凸不平的太阳能电池板被小心擦拭得一尘不染。太空服里的人几乎跟这身衣服一样狼狈。

吃过一顿饭、洗过一次澡后,她恢复了精神,开始解释。

"多亏有山顶。我爬上山顶,待在阳光下,我所在的高度也就刚能勉强听到你们无线电的声音。"

娜科拉点点头。"这一点我们倒还猜得出来,但剩下的——上个月,你真的绕着月球走了一整圈? 11000千米?"

崔茜点点头。"我只能想到这一个办法。我估摸着,差不多就是从纽约到洛杉矶一个来回的距离吧——反正有人曾经走完那么远的距离还活着。步行速度还差一点到每小时16千米。背面最难走——反正比正面要难走多了,但在某些地方却很奇特，美得出奇，你们不会相信我看到了什么。"

她摇摇头，无声地笑了。"我看到的有些东西连我自己都不相信。月球真是广袤——我们现在还只是刚有些蜻蜓点水式的探索。我还会回来的，指挥官。我向你保证。"

"我相信你会的，"斯坦利指挥官说，"我相信你会的。"

飞船从月球上升起时，崔茜向着月面投去最后一瞥。一时间，她还以为自己看见了一个孤独的身影，站在月面上，正向她挥手告别。她没有挥手还礼。

她又望了一眼，那儿什么也没有，唯有一片壮丽的荒漠。

杰弗里·A.兰迪斯博士，美国当代科学家，科幻作家，雨果奖和星云奖双奖得主。先后发表了60余篇短篇科幻小说，作品被翻译成16种语言。他是美国国家航空航天局（NASA）约翰·格伦研究中心的光电能及太空环境研究专家、火星探路者计划的首席电池专家，金星漫游车的设计者。科学家和作家的双重身份，使兰迪斯成为世界上最优秀的硬科幻小说作家之一。2014年获海因莱因奖。

本篇获1992年雨果奖最佳短篇小说奖。

名师大语文

名师导读

　　从中国北端的漠河到中国南端的曾母暗沙大约有5500千米；从中国东边的黑龙江和乌苏里江交汇处的黑瞎子岛到中国西边的帕米尔高原约5200千米。11000千米的距离在地球上几乎相当于一次东西和南北的穿越——这本该是一趟马拉松式的无比漫长而艰难的跋涉。"专注当下吧。一脚在前，一脚在后。""再走一步。再走一步。"在荒芜的月球上，孤身一人的女孩崔茜，凭着这股一步一步走的强韧劲儿，等来了一个月后地球指挥中心的营救，熬过了孤单又荒凉的月球生活，在装备受损、物资匮乏的情况下顽强地徒步穿越了整个月球——并把它当成了一次轻松的闲庭信步。

　　作为一名宇航员，崔茜所驾驶的太空飞船在月球上狠狠着陆，"在一片诡异的寂静中，这艘脆弱的飞船像个被丢弃的铝罐一样，皱褶成了一团。"驾驶舱裂开无用，从飞船的主体上脱落下来，崔茜只能忍住失去战友的悲痛，检查飞船上一切可用的资源。地球指挥中心的回复是要在30天后才能开展营救行动。在此之前她要设法活下去，而浑身上下能用来维持生命与通信的就是宇航服上的那块时不时发生故障的太阳能发电板。为了能够获得能量，她做出了一个决定——追着太阳的光和热跑。

月球

从地球向月球望去，月球就是一个平整的月面。而真实的月球外表坑坑洼洼，由于间隔很远，太阳映照到月球反射出来的光线，不论什么样的角度都会被地球上背阳一面的人看到。月面物质的热容量和导热率很低，因此月球表面昼夜的温差很大。白昼，月球在阳光垂直映照的中央温度高达127摄氏度左右；夜晚，其外表温度可降低到零下183摄氏度左右。用射电设备观测能够测定月面土壤中的温度。

月球上空没有大气层，太阳光直接照射在月球表面。但月球自身并不发光，只反射太阳光，我们在地球看到月亮的光是太阳映照到月球，月球再反射到地球的。由于没有了大气层的散射作用，月球的天空就是黑色或灰色的了。直接用眼睛观测天体观察到的不同明暗程度叫作亮度，用视星等表示。为了表示恒星的亮度，在公元前2世纪，希腊天文学家依巴谷就把肉眼能见的星分成6个等级。最亮的星为1等，肉眼刚好能看得见的星为6等星，恒星越亮，视星等就越小。在19世纪通过光度计测定，发现所定的1等星的平均亮度约为6等星的100倍。利用这一关系，把比1等星更亮的天体定为 0 等、–1 等……，太阳的星等为 –27.6 等。月球的平均亮度约为太阳亮度的 1/465000，满月时亮度平均为 –12.7 等。它给大地的照度约为 0.25 勒克斯，相当于 100 瓦的电灯在距离 21 米处的照度。月面不是一个良好的反光体，它的平均反照率约有 12%，其余 88% 均被吸收。月海的反照率更低，约为 7%。月面高地和环形山的反照率约为 17%，因此看上去山地比月海明亮。月球到地球的距离大约相当于地球到太阳的距离的 1/400，而它们直径的比例也大体如此，所以从地球上看月亮和太阳差不多大。

思维拓展

从飞船失事开始到最终获救，我们跟随主人公一起追赶着太阳的脚步一步步穿越了整个月球。借助崔茜的梦境和记忆，事情的来龙去脉和崔茜成长过程中的点滴一一呈现，便于读者更加清晰地厘清故事情节，理解主人公的心理活动。"在太阳高度角较低的光线下，更容易看清粗糙的月面。要节省燃料，但也要记住，在与月面相撞前的瞬间立即炸飞燃料箱，以免发生爆炸。"这些是她在梦中的呓语，也是她作为一名宇航员的基本素养，更是她得以坚持下去的常识。

最后和崔茜告别的那个身影是谁？通过前面崔茜恍惚之间自说自话的描写，不难理解这个身影就是崔茜最爱的人——姐姐凯伦。凯伦一直是崔茜的人生坐标，在每次意志濒临崩溃的时候，凯伦的声音就会出现在耳畔。正是靠着活在她心中的姐姐的反复提醒，崔茜才能够坚持下来。亲情是崔茜的最重要的牵绊。

生命是多么宝贵，"能活下来的着陆就是漂亮的着陆"。对于宇航员而言，着陆的动作美观与否都不重要，活下去才是最重要的。生活不也如此吗？我们在生活中会遇到各种各样的困难，如果过分纠结困难本身，可能很多时候都会被打败而一蹶不振。相反，如果能够透过现象看到问题的本质，或许就能更加地释然。

遥远的太空，皎洁的月亮，承载了我们很多很多的想象。相信你能够感受到这份来自浩瀚太空的坚持与执着，这份对生命与亲情的热爱。

怪星

〔英〕H.G.威尔斯/著
罗妍莉/译

新年第一天,世界三大天文台几乎同时宣布,围绕太阳运转的最外层行星海王星的运动变得非常不规则。去年12月,奥格威就已经提醒过人们,说怀疑它的运行速度似有放缓。这个世界上的大部分居民对海王星这颗行星的存在都浑然不知,所以估计这样一则新闻几乎引不起世人的兴趣。后续又发现,在这颗受到扰动的行星所处的区域,有一个遥远的微弱光点,这在天文界以外也没有引起多大的兴奋。然而,科学界人士却认为这一消息相当令人瞩目——即便当时尚未得知这颗新的天体正在迅速变大、变亮，它的运动方式与行星的有序前进截然不同，且海王星及其卫星如今正在发生前所未有的偏离。

没有接受过科学训练的人鲜少能意识到太阳系是何等孤独。太阳连同几颗行星、小行星的尘埃以及捉摸不定的彗星一起，在空寂得几乎无法想象的宇宙中遨游。就人类所观察到的情况而言，在海王星的轨道之外，是一片空旷的空间，在32万亿千米范围内，那里无光、无热、无声，其他对于人类来说纯粹是空白一片。这还只是最短的估测距离，要越过这样的距离，才能到达相隔最近的星体。除了比最微茫的火焰还要虚无缥缈的几颗彗星之外，据人类所知，还没有任何物质曾经飞越过太空中的这道深渊。

这颗奇特的流浪星体直到20世纪初才出现。这是一团巨大而沉重的庞然大物，从神秘的黑暗天空毫无预兆地冲进了太阳的光辉之中。到了第二天，但凡是件像样的仪器都能清晰地看到它的踪影了，这个光点的直径大小勉强可以察觉得到，位置在狮子座的轩辕十四附近。没过多久，就连用观剧望远镜也能看见它了。

新年第三天，全球读报人首次意识到了苍穹中这一非同寻常的离奇现象真正的重要性。伦敦的一家报纸给这条新闻冠以"行星相撞"的标题,并宣布了迪谢纳的观点,即这颗奇怪的新行星很可能会与海王星相撞。社论作者们对这个话题做了进一步的阐述。因此,1月3日这一天,世界上大多数国家首都的人们,对于天空中即将出现的某种现象都怀着一点隐隐的期待。日落之后,随着夜幕的降临,全球各地成千上万的人举目仰望天空,眼中所见的仍是那些古老而熟悉的星辰,与平日无异。

直至伦敦迎来了黎明,北河三落下,头顶的群星也变得暗淡。冬日天幕中透出的微弱晨光逐渐亮起,窗内的煤油灯和蜡烛发出黄光,一望而知哪些人家已经起床。但打着哈欠的警察看见了什么,市场里忙碌的人群目瞪口呆地停了下来。按时去上班的工人、送奶工、送报车的车夫,面色苍白、疲惫不堪、正要回家的浪荡人士,无家可归的流浪者,正在巡逻的哨兵,还有乡间在田野里艰难跋涉的劳工,鬼鬼祟祟往家溜的偷猎者……在这片正逐渐活跃起来的昏暗国土上,四处的人们都能看见它。海面上正等候着白昼来临的海员也是一样。那是一颗硕大的白色星体,突然出现在了西面的天空中!

它比天上任何一颗星都要明亮,比光芒最盛时的昏星还要耀眼。天亮后又过了一小时,这颗白色的大星仍然光彩夺目,不止是个闪烁的光点了,而是一个清晰闪亮的小圆盘。有些未开化地区的人们瞪大了眼睛,心怀恐惧,互相讲述着天上如火焰燃烧的异兆所预示的战争和瘟疫。健壮的南非布尔人(一般指阿非利坎人,南非和纳米比亚的白人种族之一,以17世纪至19世纪移民南非的荷兰裔为主)、黝黑的霍屯督人(南非一个体型特殊的原始族群)、黄金海岸的黑人、法国人、西班牙人、葡萄牙人,全都沐浴在日出的温暖中,站着观看这颗新出现的怪星落下。

全球成百座天文台中,当那两颗遥远的星体撞到一起的时候,原先压抑的兴奋几乎变成了激动的大喊大叫,人们匆忙地来回奔走,去取摄影器材、分光镜以及这样那样的设备,以便记录下这惊人的新奇景象——那是一个世界的毁灭,那蓦然间闪动着光焰毁于一旦的是一颗星球,是我们地球的一颗姐妹行星。它其实比我们的地球要大得多。那是海王星,它在众目睽睽之下被这颗来自外太空的奇怪行星撞了个正着,撞击产生的热量无法遏制地将两颗固态的星球变成了一团炽热的庞然大物。

那一天,在拂晓来临前两小时,那颗庞大而黯淡的白色星体开始环绕地球运动,直到白星西沉、旭日升到它的上方,它的光芒才逐渐淡去。世界各地的人们都在为此惊叹，但在所有看见这颗星的人当中，再也没有比水手们更感到惊奇的了，他们有观星的习惯，又远在海上，关于它的到来原先没有听说过只言片语，此时却眼看着它像一轮小小的月亮那般升上天空，冉冉升到天顶，悬在头顶上方，然后又随着夜晚的终结而西沉。

当这颗星再次在欧洲上空升起时，山坡、屋顶、空地，到处都是成群结队的观星人，注视着东方升起的那颗硕大的新星。它升起时前方有一片白光，就像一团白色火焰发出的耀眼光芒，前一天晚上见过这颗星出现的人一见到它就大喊起来。"它变大了，"他们叫道，"变亮了！"的确，西沉的月亮相当于满月时的四分之一大小，从表面上看，月亮的大小是这颗星无法相比的，但月亮虽宽，现在的亮度却还及不上那颗新出现的怪星那个小小的圆圈。

"它变亮了！"聚集在街上的人们喊道。但在光线昏暗的天文台里，观察者们却屏住了呼吸，面面相觑。"它近了，"他们说，"近了！"

一个接一个的声音重复道："它近了。"嘀嗒作响的电报接收到了这句话，顺着电话线震动传播着这句话，上千座城市里满身污秽的排字工人用手指排出了这句话。"它近了。"在办公室里奋笔疾书的人们猛然冒出一个奇怪的念头,扔下了手中的笔。上千个地方正在交谈的人们在这句话里陡然发现了一种荒唐的可能性,"它近了。"

这句话沿着正在苏醒的街道匆匆传开,在寂静的村庄里顺着覆有寒霜的沉寂道路被人高声喊出,从跃动的电报纸带上读到这些内容的人站在被灯火的黄光照亮的门口,向路过的人高声喊出这个消息。"它近了。"娇美的女子脸颊绯红、光彩夺目,在舞会间隙听人戏谑地讲起这个消息,言不由衷地佯装出感兴趣的、一副聪明人的模样,"近了呢!还真是。多奇怪啊!能发现这样的事情,得是多聪明的人啊!"

孤独的流浪汉们设法对付着度过冬夜,喃喃地念着这句话来安慰自己,一面望着天空,"它得离近点儿,因为黑夜就像人们的施舍一样冰冷。就算它确实近了点,好像也没带来多少温暖啊,还是老样子。"

"一颗新星对我又算什么?"跪在死者身边哭泣的女人叫道。

小学生早早地起床准备考试,苦苦思索着这个问题——那颗硕大的白星透过窗户上的霜花,灿烂地闪耀着光芒。"离心,向心,"他将下巴搁在拳头上,说道,"在一颗行星的飞行途中止住它,使其失去离心力,然后呢?它具有向心力,就落进了太阳!然后这样——"

"我们挡它的道了吗?我想知道——"

白昼的光明重蹈了弟兄们的覆辙,到了寒霜凝结的后半夜,这颗奇异的星又再度升起。此时这颗星相当明亮,渐圆的月亮倒被衬得如同淡黄的月之幽灵,在日落时分悬于空中,硕大无朋。在南非的一座城市,一位伟人刚刚结了婚,街道上灯火通明,欢迎他与新娘一道归来。"就连天空都被照亮了。"马屁精如是说。在摩羯座的照耀下,出于对彼此的爱,一对黑人情侣不惧野兽和恶鬼,一道蜷在一片甘蔗丛里,那儿有萤火虫在飞舞。"那是我们的星星"。他们悄声呢喃,它那温柔的光辉令他们感到莫名的安慰。

著名的数学家坐在私人的房间里,把文件推到一边。他已经计算完毕了。在一只白色的小药瓶里,还残留着一点药物,先前是这药让他在漫长的四个夜晚保持着清醒和活跃。每个白天,他都一如既往,平静、清晰而耐心地给学生们讲课,然后回来立刻重新进行这次重要的计算。他神情严肃,由于服用药物的缘故,面容略显憔悴发红。有一段时间,他似乎陷入了沉思。然后他走到窗前,咔嗒一声将百叶窗拉了上去。那颗星悬在半空中,悬在城市鳞次栉比的屋顶、烟囱和尖塔之上。他看着它,仿佛正直视着一名英勇敌人的眼睛。"你可以要我的命。"片刻的沉默之后,他说,"但我可以用这小小的脑子来把握你——乃至整个宇宙。我不会改变。就算是现在也不会。"

他看了看那只小药瓶,说道:"以后再也用不着睡觉了。"第二天中午,他一分不差地准时走进阶梯教室,按照平时的习惯,把帽子放在桌子的一端,仔细挑选了一根长长的粉笔。他的学生们曾经开玩笑说,如果指间不摸着根粉笔,他就没办法讲课,有一次,由于他们藏起了他的粉笔,他就被搞得束手无策了。他走过来,白眉下的目光望向起立的一排排富有朝气的年轻面孔,用他习惯的那种深思熟虑的平常措辞说道:"出现了一些情况——我无法控制的情况,"他停顿了一下,"这会妨碍我完成原先设计好的课程。先生们,请容许我把话说得简明扼要——人类似乎白活了一场。"

学生们面面相觑。他们是不是听错了?他疯了吗?虽然有人扬起眉毛、有人咧嘴而笑,但有一两张脸依旧专心注视着他那须发斑白的镇静面容。

"我要占用今天上午的时间,把让我得出这个结论的各种计算尽可能地向你们阐述清楚,"他说,"这会很有意思的。我们不妨假设——"

他转向黑板，对着一幅图表沉思起来，对他来说，这实属寻常。

"'白活了'是怎么回事？"一个学生对另一个耳语。"听着吧，"另一个朝讲师点头道。

不久，他们就开始明白了。那天晚上，那颗星升起的时间晚了些，因为适度的东移令它沿狮子座移动了一段距离，向处女座方向移去，它的光芒极为耀眼，以至当它升起之时，天空变成了明亮的蓝色，而除去天顶附近的木星、五车二、毕宿五、天狼星和指向小熊座的几颗星之外，其余所有的星星反倒都隐匿不见了。这颗星皓白非常，美丽绝伦。那天晚上，在世界上的许多地方，都能看到它的周围环绕着一圈苍白的光晕。看得出它变大了。在热带地区带有折射的澄澈天空中，它的大小似乎已接近于月亮的四分之一。在英国，地上虽仍有寒霜，但世界却被照得分外明亮，如同在仲夏的月光下一般。人们可以借着那清冷的星光阅读普通的印刷品，城市里的灯光显得昏黄而暗淡。

那天晚上，全球各地的人都彻夜未眠，在整个基督教世界，乡间热切的空气中弥漫着低沉而连续的阴郁声响，犹如石楠丛里蜜蜂的嗡嗡声，在城市里，这种低声的喧哗变成了持续的叮当声。那是来自上百万座钟楼和尖塔的钟声，召唤着人们不要再睡觉、不要再犯罪，而是聚集到他们的教堂里去祈祷。那颗炫目的星在头顶升起，随着地球沿轨道转动，随着黑夜的流逝，它越变越大、越变越亮。

所有城市的街道和房屋都灯火通明，船坞也亮着耀眼的光，凡是通往高地的道路都彻夜被灯光照亮，而且路上拥挤不堪。在文明大陆周围所有的海洋里，到处都是发动机轰鸣或风帆鼓荡的船只，船上挤满了人和生物，驶向大海和北方。因为那位数学大师的警告已经通过电报传遍了全世界，并被翻译成了上百种语言。这颗新行星和海王星火热地紧拥在一起，迅疾地旋转着，以越来越快的速度向着太阳飞去。这团炽热的物体飞行的速度已经达到了几百千米每秒钟，而每过一秒，它可怕的速度还在加快。实际上，按照现在的飞行状态，它必须得从距离地球几亿千米远的地方飞过，才不至于对地球造成什么影响。但在靠近其预定轨道的地方——因其仅是稍微受到了扰乱——巨大的木星及其卫星光芒璀璨，绕着太阳横扫而过。现在每过一刻，这颗炽热的星与几大行星中最大的一颗之间的引力就增大一分。那种引力会带来怎样的结果呢？木星不可避免地会偏离原本的轨道，进入一条椭圆形轨道，而在其引力作用下,这颗燃烧的星在冲向太阳的途中会发生偏移,"划出一条弯曲的轨迹,它必定会从离我们地球极近的地方飞过,说不定还会与地球相撞。地震、火山爆发、飓风、海浪、洪水,加上气温的稳步上升,我不知道最高会升到多少度。"——数学大师是这样预言的。

而在头顶上方,为了验证他的话,那颗即将来临的末日之星闪耀着光芒,孤独、冰冷、颜色铁青。

那天晚上,许多人盯着它瞧,直盯得双眼生疼,在他们眼中,似乎看得出它正在接近。也是在那天晚上,天气变了,覆盖着整个中欧、法国和英国的寒霜即将消融。

不过,说到有人通宵祈祷、有人登船而去、有人逃向山区,你可千万别以为全世界都已因为那颗星而陷入了恐慌。事实上,惯例仍然统治着这个世界,除了闲暇时的闲话和夜晚的壮景之外,大部分的人仍然在忙着日常工作。在所有的城市里,除了偶尔有那么一家不一样之外,各个商店都依旧按照正常时间营业,医生和殡葬业者从事着自己的工作;工人聚在工厂里,士兵忙操练,学者搞研究,情人互相寻觅,小偷躲藏逃跑,政客则筹划着阴谋。报社整夜轰鸣,各处教堂里有许多牧师不愿开放神圣的殿堂,进一步助长被其视作愚蠢的恐慌。报纸上在强调1000年的教训——因为当时，人们也以为世界末日已经到了。这颗星又不是恒星——仅仅是气体而已——只是一颗彗星；它若是恒星，就不可能撞上地球。这样的事并无先例。

有些人态度轻蔑，打算戏弄戏弄那些感到害怕的人们。当晚格林尼治时间7点15分，这颗星将处于离木星最近的位置，然后全世界就会目睹局面的转折。数学大师的严正警告在许多人眼里不过被当成是精心的自我炒作。终于，经过一番争论后，略有些激动的人们上床睡觉了，借此表明坚定不移的信念。

同样，那些野蛮蒙昧的人们也已厌倦了这新奇的东西，开始了夜间的活动，除了零星有那么一只嗥叫的狗之外，动物世界对这颗星不理不睬。

然而，等到欧洲诸国的观察者终于看见那颗星升起的时候，它确实晚出现了一个小时，但与前一晚相比并没有变大，此时还有很多人仍然醒着，他们嘲笑那位数学大师，认为危险似乎已经过去。

但随后笑声便终止了。那颗星在变化——一小时又一小时，它稳稳地改变着，稳得令人害怕，每过一小时就变大一点，每过一小时离午夜的天顶就近一点，越来越亮，直到将夜晚变成了第二个白昼。倘若它没有沿着弧形的轨迹飞行，而是直奔地球而来；倘若它没有因木星而放慢速度，那它跃过当中横亘的那道深渊肯定就只需要一天时间。但实际上，它总共需要五天的时间才会路过我们这颗行星。

次夜，在它出现于英国人眼中之前，它的大小已经变成了月亮的三分之一，寒霜消融已成定局。它从美洲上空升起，大小与月亮相差无几，但白得炫目，而且很炽热；随着这颗星升起，随着它逐渐积蓄力量，刮起了一阵热风，在弗吉尼亚、巴西和圣劳伦斯山谷，它的光芒不时穿透雷暴云难闻的浓烈气味、闪烁的紫色闪电和前所未见的冰雹。在马尼托巴，出现的则是冰消雪融和破坏性极强的洪水。那天晚上，地球所有的山脉上，冰雪开始融化，所有从高地流出的河水浑浊地汹涌而来，很快，上游的河水中就裹挟了打旋的树木和人畜的尸体。在那阴森的星光下，河水稳稳地涨啊涨，终于漫过河岸流淌而出，追赶着在河谷中奔逃的人群。

沿着阿根廷的海岸，从南大西洋往北，潮水涨得比人们记忆中的随便哪个时期都要高。在许多地方，风暴驱赶着海水往内陆奔流了上百千米，囫囵淹没了一座座城市。夜间变得相当炎热，以至太阳升起时倒像进了背阴处一样。地震开始了，并且不断加剧，直至整个美洲从北极圈到合恩角①的山体都在滑坡，张开了道道裂缝，房屋和墙壁倾颓毁坏。在一次强烈的地震中，科托帕希火山②有整整一边都滑了出去，火山岩浆喷薄而出，喷得那么高，覆盖范围那么宽，流动的岩浆速度那么快，在一天之内就流到了大海。

那颗星就这么越过太平洋，黯淡的月亮尾随着它，雷暴像长袍的褶边一样拖曳在后，越涨越高的潮波艰难地跟着它翻涌，迫不及待地泛着泡沫，倾泻在一座又一座岛屿上，把岛上的人统统卷走。直到那道巨浪最终来临——在炫目的光芒中，带着熔炉般的热气，来得既迅疾又骇人——那是一道有15米高的水墙，在亚洲绵长的海岸上如饥似渴地咆哮着，横扫内陆，席卷了中国的平原。这颗星现在比鼎盛时的太阳更热、更大、更亮。它无情的光辉照耀着这个幅员辽阔，拥有宝塔、树木、道路和宽阔耕地的城镇及村庄的国家，那里的人们无助而恐惧地盯着炽热天空，日夜无眠。然后，低沉轻微的洪涛声越来越响。那天晚上，亿万人无处可逃，四肢在高温下沉甸甸的，呼吸急

---

① 智利南部合恩岛上的陡峭岬角，位于南美洲最南端。
② 一座层状火山，位于南美洲安第斯山脉厄瓜多尔境内。

促又喘不上气，身后的洪水像一堵飞奔而来的白墙。然后是死亡。中国被照成了一片耀目的白，但在日本、爪哇和东亚所有岛屿的上空，那颗硕大的星却成了一团暗红色的火球，因为一座座火山正喷出蒸汽、烟雾和火山灰，向它的来临致敬。上方是熔岩、炽热的气体和火山灰，下方是沸腾的洪水，整个地球随着地震的震动摇晃着，隆隆作响。没过多久，西藏和喜马拉雅山上亘古以来的积雪便开始融化，沿着上千万条逐渐加深和汇拢的水道滚滚而下，倾注在缅甸和印度的平原上。印度丛林中缠作一团的树顶燃起了上千处火焰，在树干周围湍急的水流下，有些黑乎乎的东西还在无力地挣扎，倒映出血红的火舌。

在群龙无首的混乱中，一大帮男男女女沿着宽阔的河道，逃向人类最后的希望——大海。

那颗星以快得可怕的速度变大、变热、变亮。热带的海洋不见了光芒，黝黑的浪涛不断地骤然落下，一圈圈旋转的蒸汽鬼魅般从浪涛间升起，其间点缀着在暴风雨中上下颠簸的船只。

然后，奇迹出现了。对那些在欧洲等候着这颗星升起的人来说，似乎地球已停止了转动。在下方和高地的上千处空地上，那些为了躲避洪水、倒塌的房屋和滑坡的山体而逃到那里的人们等候着它升起，却是枉然。一小时又一小时，在可怕的焦虑中，这颗星没有升起。人们又一次望见了那些他们以为已经一去不复返的古老星座。在英国，尽管地面一直在震颤，头顶的天空却炽热而晴朗；而在热带地区，天狼星、五车二和毕宿五却透过遮天的蒸汽显露了出来。那颗硕大的星晚了近十个小时才终于升起，此时，太阳在离它不远处升起来了，在白色的正中央位置有个黑色圆盘。

　　在亚洲上空，那颗星移动的速度开始落后于苍穹，然后突然间，当它悬在印度上空时，它的光芒被遮蔽了。那天晚上，从印度河入海口到恒河入海口，印度平原全都变成了一片浅滩，闪烁着波光，水中矗立着庙宇和宫殿、小山和丘陵，上面黑压压地挤满了人。每一座尖塔都聚集着一群人，他们敌不过热浪和恐惧，一个接一个地掉进浑浊的水中。整个大地似乎都在恸哭，忽然间，一道阴影掠过绝望的洪炉，从凉爽下来的空气中吹出一股冷风，聚起簇簇云朵。人们抬头仰望那颗星，几乎睁不开眼睛，他们看到一个黑色圆盘正慢慢从亮光中穿过。那是月亮，挡在了那颗星和地球之间。正当人们趁着这一刻喘息之机向上帝呼号时，太阳以一种不可思议的怪异速度从东方飞快地冒了出来。然后，那颗星、太阳和月亮一起在苍穹中疾驰而过。

于是，在欧洲的观测者看来，那颗星和太阳不久就彼此紧挨着升了起来，匆匆向前冲了片刻，然后放慢速度，最后停顿下来，星星和太阳在天顶汇成了一团夺目的火焰。月亮不再遮蔽那颗星，而是在璀璨的天空中不见了踪影。虽然那些仍然幸存的人在注视着它的时候，在饥饿、疲劳、高温和绝望之下，大多数人都处于迟钝的糊涂状态，但仍然有人能够理解这些迹象代表的含义。先前，那颗星和地球运转到了相隔最近的位置，绕着彼此转了个弯，那颗星已经飞走了。它已开始远离，速度越来越快，它冲进太阳的仓促旅程已进入了最后阶段。

然后云团聚集起来，遮蔽了天空的景象，雷电交加，笼罩了世界各地；整个地球上下起了人们前所未见的倾盆大雨，火山在华盖般的云层映衬下闪耀着红光，滚滚泥浆从闪光处倾泻而下。陆地上到处洪水横流，留下充塞着淤泥的废墟，大地如同被风暴蹂躏过的海滩，四下里凌乱散落着所有曾经的漂浮物，以及人畜的尸体。一连多日，洪水从陆地上奔流而过，卷走挡道的泥土、树木和房屋，在乡间垒起巍峨的堤坝、冲刷出巨大的沟渠。那是些伴随着那颗星和高温而来的黑暗日子。在此期间，地震一直在继续，持续了许多个星期、许多个月。

但那颗星已经飞走了，人们为饥饿所迫，慢慢地鼓起勇气，或许会爬回他们被摧毁的城市、被掩埋的粮仓、被浸透的田地。寥寥几艘船在那时的风暴中得以幸免，它们晕头转向地驶来了，船身支离破碎，小心翼翼地试探着，穿过曾经熟悉的港口新的标记和浅滩。随着风暴的平息，人们发现，无论在什么地方，天气都比很久以前更热了，太阳变大了，月亮的尺寸则缩小到了原来的三分之一，现在，两次新月间隔的天数变成了80天。

但是，这个故事没有讲到不久后人与人之间出现的新的兄弟情谊，挽救法律、书籍和机器的事，以及在冰岛、格陵兰和巴芬湾①的海岸上发生的奇怪变化——来到这里的水手们发现这些地方葱翠而舒适，简直不敢相信自己的眼睛。故事也没有讲到因为地球温度升高，人类朝着两极向南或向北迁移。这个故事仅仅涉及那颗星的到来和离去。

火星天文学家们（火星上也有天文学家，只不过他们

---

① 北冰洋属海，位于北美洲东北部巴芬岛、埃尔斯米尔岛与格陵兰岛之间。

是与人类大不相同的生物）自然对这些事情深感兴趣。当然了，他们是从自己的角度来看待这些问题的。"考虑到那枚穿过我们太阳系、飞入太阳的投射物的质量和温度，"其中一位天文学家写道，"它与地球擦肩而过，地球却只遭受了如此轻微的破坏，这真是令人吃惊。所有熟悉的大陆标志和海洋体积都仍然原封未动，实际上，唯一的区别似乎就是两极周围的白色区域（据认为是凝固的水）缩小了。"这说明，从相距几百万千米的地方看来，人类最大的一场浩劫显得何其微不足道。

H.G.威尔斯，英国小说家、新闻记者、政治家、社会学家和历史学家。他创作的科幻小说影响深远，时间旅行、外星人入侵、反乌托邦等题材都成为20世纪科幻小说的主流话题。威尔斯关于时间旅行的连载文章，在1895年被编成小说《时间机器》，引起轰动。威尔斯曾被提名1921年、1932年、1935年和1946年诺贝尔文学奖。

名师大语文

名师导读

海王星的轨道之外，一颗怪星异动把地球搅得天翻地覆。尽管这一话题听起就很宏大，但作者却采用了工笔细描的方式，仿佛有一台摄像机追踪着人们的变化，细微到角角落落。如"冬日天幕中透出的微弱晨光逐渐亮起，窗内的煤油灯和蜡烛发出黄光，一望而知哪些人家已经起床。但打着哈欠的警察看见了什么，市场里忙碌的人群目瞪口呆地停了下来。按时去上班的工人，送奶工，送报车的车夫，面色苍白、疲惫不堪、正要回家的浪荡人士，无家可归的流浪者，正在巡逻的哨兵，还有乡间在田野里艰难跋涉的劳工，鬼鬼祟祟往家溜的偷猎者……"镜头由近至远，从表达的角度看很有张力和吸引力。

文章借海王星的异动向读者徐徐展开的是面对灾难人类的反应：从最初的不在意到好奇再到恐慌，再到灾难过后的云淡风轻。作者向我们展示的是面对浩渺的时空，人乃至太阳系都是微不足道、脆弱无比的。正如文中写道："没有接受过科学训练的人鲜少能意识到太阳系是何等孤独。太阳连同几颗行星、小行星的尘埃以及捉摸不定的彗星一起,在空寂得几乎无法想象的宇宙中遨游。"在时间的长河里,一次足以毁灭人类的灾难也不过是"如此轻微的破坏"罢了。

柯伊伯带

海王星是太阳系八大行星之一,也是已知太阳系中离太阳最远的行星。海王星的视星等约为7.8等,需要借助天文望远镜才能观察。海王星呈蓝色,西方人据此以罗马神话中的海神尼普顿的名字给它命名。李善兰等人于1859年翻译《谈天》时,将其中文名定为海王星。海王星的大气层的外壳由氢、氦、甲烷组成,甲烷是它呈蓝色的原因之一。

1951年,美国天文学家柯伊伯提出:在距离太阳约30天文单位(海王星离太阳的距离是30.07天文单位。天文单位是天文学中计量天体之间距离的一种单位,以AU表示,其数值取地球和太阳之间的平均距离。国际天文学联合会从1984开始采用1AU=1.49×10^{11}米(近似值)这个常数,用以计量太阳系中各天体间的距离)到100天文单位之间,有许多围绕太阳运行的尘埃冰冻体,这些物体的轨道面与行星相似,都大致位于黄道面上。偶尔会有些物体受到外行星或者临近恒星的引力扰动,脱离原来的轨道而飞向太阳。在飞向太阳、越过内层海王星的轨道时,这些物体会进一步受海王星重力的影响，成为进入到太阳系内层的彗星。30到100天文单位之间的地带就是这些公转周期较短的彗星的故乡。这一区域被称为柯伊伯带。

思维拓展

  浩瀚的宇宙之所以总是对人类充满了吸引力，大概就是因为它的神秘莫测吧。面对未知，人类的第一反应总是好奇，然而自然有时却更加让人捉摸不透。读了这篇文章你会不会在仰望星空时，突然觉得哪颗星星很奇怪呢？如果有，你猜想会发生什么事情呢？你也可以试着动笔把你的奇思妙想记录下来，未来的某一天，你的发现或许会有了不起的意义。

背渊心悦

〔美〕莎拉·平斯克/著
罗妍莉/译

"别走。"

他第一遍说这话的口气像在命令她。这完全不像乔治，惊得米莉手里的梳子险些掉落。

当时两人正在卧室里，在他们生活了66年的家中。落地双扇玻璃门外，一层新雪覆住了陈雪。乔治那座旁逸斜出的树屋上闪烁着灯光，在茫茫白雪中十分显眼。乔治坐在电话桌旁的椅子里，一条腿架在另一条腿上，正在换袜子，此时他失手将手上的那只袜子掉到了地板上，并咳嗽了一声。米莉朝梳妆台上的镜子里瞥了一眼,发现他正紧紧盯着自己。

"别走。"他重复道。

她转过身面向他。

"别离开我,好吗?"这次他的话里有了些疑惑的味道。

在说出下一句话前,他似乎挣扎了很久,那也是他的最后一句话:"我很抱歉。"

"老头子,胡说些什么呢?"她问。而他却似乎已然魂游天外,虽然他仿佛想要再说点什么,但却什么也没说出口。

以前,每当家里人发生不算严重的病情时,她总能镇定自若,但这一次,她脑袋里却只有一个念头,把其他一切想法都赶到了九霄云外。大限已到。她深呼吸了几次,努力回想着应该怎么做。她穿过屋子,走到他面前,将手放在他胸口,感受着心脏的起起落落——还算平稳。她觉得自己没法把他搬到地板上,更别提给他做胸外按压了。于是她弯下腰,把那只干净的袜子套到他的脚上,然后拿起电话,呼叫了救护车。这些动作的顺序原本不是应该反过来的吗?也许吧,大限真的到了。

"我马上回来。"她跟他打声招呼,然后离开卧室,去把前门的锁打开。回来的时候,他还窝在椅子里,只略微朝右边歪了一点点。他的左眼惊恐,而右眼却平静得诡异。她把梳妆台旁边那张椅子拉过来,面朝着他坐下。在他身后,雪仍在下。

"我在想啊,这场暴风雪会不会太大了,把那棵可怜的老悬铃木给压垮了呢?"她双手握住丈夫的手,朝外面的树屋看去,"我看这肯定是场大雪。"

他们初次相遇的那天就在下雪。那是1944年12月,在芝加哥马歇尔·菲尔德百货①门口。他们俩同时出门,朝外面的国家大道走去,他为她拉住门。

"女士优先。"穿着军大衣的青年一边说,一边用另一只手中那本厚厚的笔记本做了个手势。他比她要矮一点,而她也并没高得离谱,要不是他穿了这身制服的话,她还误以为他尚未成年呢。

"谢谢!"她回过头微笑作答,没留神门廊外的地上

---

① 美国著名连锁百货商店,起源于芝加哥。下文中的国家大道、图书馆(今芝加哥文化中心)、菲尔德博物馆以及白金汉喷泉等都是芝加哥的地标性建筑。

那一小块冰。她先是左脚滑了出去，然后是右脚，在她倒地之前，他抓住了她，但在这过程中他自己也失去了平衡，用身体给她当了肉垫，笔记本里的散页在两人周围四下飘飞。他俩连忙爬起身来，脸涨得通红，难以呼吸。

"再次感谢。"她说。

他把背后沾的雪拍掉，弯腰去捡散落在人行道上的几页纸张，米莉也捡起一张掉在她腿上的纸。

他指着那张纸说道："它喜欢你，也许你应该把它留下。"

她从尼龙长袜上取下那页纸，仔细看了看。即使墨迹已然模糊晕开，仍能看得出那是一幅技法娴熟的素描，画的是图书馆里那座宏伟的大楼梯和蒂凡尼圆顶。

"呀，弄破了！"浸湿的纸张在她手中被撕作两半。

"没事，我这还有。"他把其余那几张亮出来。她看到其中有菲尔德博物馆、白金汉喷泉，以及他们二人刚刚走出的那栋大楼，全都洇染成了一片。

米莉抬手捂住嘴："你的画都给毁了，外套也扯破了。"

他耸耸肩，摸摸手肘处磨破了的毛边："别担心，这些只不过是画着玩儿的，习作而已。我叫乔治·高登，是个建筑师，你用不着特意去记我的名字，总有一天我会无人不知的。"

"我叫米莉森特·伯格,很高兴遇见你。抱歉弄坏了你的画,就算只是画来玩儿的。我有什么可以补偿你的吗?"

他夸张地抓抓头,做沉思状:"我本想邀你与我共进午餐,可我已经吃过了,我觉得也许你可以赏光一起去喝杯咖啡,让我再给你画张小像。"

米莉抬眼望了望挂在大楼墙上的大钟,摇头道:"我得去见一个朋友,恐怕我已经迟到了。"

"那下次怎么样?"他执意坚持,一边故意使劲揉搓着手肘。要是换个人这么做的话,她可能会觉得很没礼貌,但他身上有股劲儿让她喜欢。真是可惜。

"对不起,我不住芝加哥,只待到周二就走,我在巴尔的摩[①]上大学。"她说。

他原本平淡的脸忽然被满面的笑容点亮了:"这样啊,那你可就没那么容易甩掉我了。我就驻扎在马里兰州,米德堡。"

生活就是这样,无巧不成书。

[①] 马里兰州的港口城市。后文中的霍普金斯大学、友谊国际机场(今巴尔的摩—华盛顿国际机场)、哈茨勒商场等都是这里的地标性建筑。

急救人员从乔治的睡衣上扯下两个扣子，米莉在等他们来的时候已经换好衣服，她把那两颗扣子收进开襟毛衫的口袋里。急救人员检查了乔治的脉搏和生命体征。他们互相交谈，却不跟她说话，她便在他们忙碌着的身影背后徘徊。

"他会没事吗？"她问，可没人理她。过了好一会儿，她都怀疑自己究竟有没有问出声来了。米莉向镜中的自己投去一瞥，镜子里那个几年前就偷走了她影子的老妇人也报以一瞥，镜里镜外的两人相互点头致意。

终于有个急救人员跟米莉说话了，他告诉她，他们不想让她跟乔治一起坐救护车走。

"车上没地方了。"那个年轻女孩说。

米莉想，他们不想再多操心一个老人吧。这时，雷蒙德和他朋友马克也到了，倒是省了她跟那些人争执。

"别担心，外婆，"雷说，"我们可以跟在他们后面。"

马克扶她坐进那辆丰田车的副驾驶座。他们俩都是好孩子，他们带她去美容院，带她和乔治去吃饭、看戏、听音乐会，她很庆幸住在他们附近的是雷。

马克开车把她和雷送到急救医务室便走了。填完保险资料后，祖孙二人便在候诊室里等着，直到一个穿着外科手术服、眼神疲惫的女医生出现。女医生告诉米莉说乔治是缺血性中风,发生在乔治的左侧大脑,目前病情已经稳定,如果愿意的话,她可以去看看他。米莉保持同一个姿势太久了,身体有些僵硬,只得努力站起来。雷蒙德伸手来搀扶,她靠在他身上,沿着走廊一路走向重症监护病房。

乔治的右半边脸凹陷下去了,外眼角向下耷拉着,他的右手软趴趴地搭在臀上,左手却动个不停,在白色床单上游走。

"他苏醒了,但对谁都没反应。"医生告诉她。这医生叫什么来着?德索托,跟以前读给孙子们听的那本书里那只老鼠牙医的名字差不多[①],很好记。"中风发生在左侧,所以我们考虑是右半身轻度偏瘫,也有可能会右半身不遂,他多半要接受专门治疗,才能重新开口讲话,时间可能会很长。现在我们想看看他是否能认得出你。"

米莉稍微往前走了几步,病床上的那个男人看起来只不过是乔治的空壳。

"喂,老头子啊。"她低声耳语,只有他听得见。然后

---

① 威廉·史塔克的著名绘本故事《老鼠牙医德索托》,故事内容是老鼠牙医德索托利用智慧,治好狐狸的牙疼的同时设法不被狐狸吃掉。

她略微提高了点声音:"乔治,是我,米莉。"听起来太正式了,有点怪,就像在做自我介绍似的,她并不愿去碰那只僵直的手,于是将手向他那只徘徊的左手伸去。

他甩开她,力道之大超出她想象,然后又继续刚才被打断的动作。米莉努力忍住眼泪,他一定不是故意的,不可能是故意的,但他的无礼还是伤害了她。

"高登太太,不管你信不信,那都是个好现象,这还是他入院以来第一次对外部刺激作出反应呢。"

雷一只手搭在她肩上:"外婆,外公多半不知道是你,要不然他不会把你推开的。"

米莉看着医生道:"高登博士①。"

"不,我是德索托医生。"年轻女子瞥向雷。

"我是高登博士,"米莉说,"只是跟你说一声。"

她俯身在床边的椅子上坐下,然后抬头看着医生和自己的孙子,他们什么都懂,却又什么都不懂。

"他在画画,"米莉说,"他那个动作是想画画,他是左撇子。"

---

① 同时有"高登医生"的意思,所以医生才会误会。

在他俩刚开始恋爱的头几个月,她曾经让他把设计作品给自己看看。

"就是些楼房而已,没什么特别的。"他说。

她才不信呢,他画的东西怎么可能不特别?就她看来,他做的每件事都聪明有趣、体贴浪漫。他曾经打电话给她父亲,请求他同意两人交往;用一幅她学校富丽堂皇的大厅的画作替换了那张已经毁掉的蒂凡尼圆顶的画。他给她捎来手工折纸玫瑰花束,因为当时还是冬天。她的朋友们都在起哄,她居然找了个比自己大好几岁的男人,一位合格的建筑师。他24岁了,比她大四岁,而她们约会的全都是些霍普金斯大学的男生,有钱而乏味。

"给我带几张你画的蓝图看看吧。"一天晚上,他们在她宿舍楼戒备森严的大厅里约会的时候,她恳求道,"我知道你在部队里画的作品不能泄密,不过你说不定可以拿原先在学校里画的给我瞧瞧,我想看一下你都画些什么。"

"真的吗?你会觉得很没劲的。"他话虽这么说,神情却很高兴。再来看她的时候,他胳膊底下便夹了一只皮制文件夹,进了会客室,便将里面的图在桌上展开。

"这是座摩天大楼吗?"米莉拿手勾画着图中的轮廓。

他又露出他那略带腼腆的迷人笑容:"是啊,不过那一座还没有修建，目前还没有。"

"肯定会很美，看这些门廊和装饰。比克莱斯勒大厦①还好看呢！"

"知道吗？我设计这座楼的灵感就来自克莱斯勒大厦。"他边说边轻轻把自己的画作往旁边推了推，好坐在桌角上，面朝着她，他眼中流露的激情照亮了整张面孔。"这一座，还有帝国大厦，当时我们还住在纽约，我会悄悄溜出学校，去看这两幢楼一天天拔地而起。那时候我差不多九岁还是十岁吧，当时我就知道，我长大以后会造出大家憧憬的建筑。"

他指着文件夹里的其他画作：高楼、大厦还有体育场，他的构想令米莉赞叹不已。

"你准备什么时候开始动手实现这些蓝图呢？"

"等一服完兵役，我就开始。"

"我敢打赌，他们肯定不会让你设计这么美妙的建筑的，估计也就是些营房啊、基地什么的。"

"也有一些有意思的项目，假想性质的，跟工程师们一起干。"

---

① 20世纪20年代后期建于纽约的摩天大楼。

"假想?"

"都是些虚构的项目,就跟小说里描写的差不多:什么三米高的士兵居住的营房啊,嵌进山峦一侧的监狱啊,还有水下的岗哨啊这些。我知道都挺荒唐的,跟过家家差不多,可是想象一下还挺有趣的。工程师们会跟我说哪种可能、哪种不可能,等我画好了,他们就拿走,或是告诉我哪些地方需要修改。小米,我觉得我构想的摩天大楼会是未来的趋势,但他们展示给我的却是我几乎不知该如何去想象的各种未来景象。"

一个月后,他向她求婚时,她答应了。她享受他打动人的小手段,也喜爱这位怀抱梦想的建筑师,希望成为他所展望的美好未来的一部分。

护士拿着一张白纸走进乔治的病房,德索托医生往他手里塞了一只粗大的记号笔。米莉坐在他床边的椅子上,他们的儿子查理又拿来一把椅子坐在她旁边。简乘的那班飞机应该晚上到。病房里变得拥挤起来,但米莉不知该请谁走才合适。她认真想了想自己要不要出去,比如去洗手间或去自动售货机那儿,然后趁机消失。还是算了,不可能溜得掉。查理现在跟孵蛋的母鸡似的,老看着她,无微不至地照顾着她压根儿就没有的各种需求：给她端茶，拿椅子上垫的垫儿，让她用抗菌消毒液，把她的皮肤弄得跟纸似的干巴巴的。

记号笔的味道太重了，盖过了医院里的各种气味。为什么只有刺鼻的气味才这么有穿透力？查理带了两大捧花，可米莉却完全闻不到花香，而且现在又是冬天，这些花肯定是超市或者医院门口的礼品店里买来的，本来可能也没什么香味。有那么一会儿，她又想起了从前乔治做的那些手工纸花，在百花凋零的冬季为她绽放。

乔治睁开了左眼，眼神似乎并没有任何特定的焦点，可他又开始画画了，一笔接着一笔，迅速而有力。

"记号笔的水要渗到纸背面了。"查理从椅子上半抬起身。

"由它去吧，"米莉说，"纯白色的床单本来就挺没劲的。"

"你就等着医院开账单找你要钱吧。"查理压低了嗓音说道。这种像在舞台上一样的喃喃自语，他五岁那年就已经能表演得炉火纯青了。她直接选择了无视，就跟以前一样。

这么多年以来，米莉看过乔治画的无数蓝图，所以知道这一幅与众不同。他从中央而不是边上开始画起，刚才手里没有握笔时的拂动现在变成了弧形的墙壁。从他反复勾勒的动作判断，墙壁很厚，她以前在他画的专业图纸里从没见过这样的形状。

他折腾了一小时，德索托医生找个借口出去了，说是过会儿回来。

"我们该不该让他停手啊？"中途查理问道，"他这样会累坏的。"

"我看他快画完了。"米莉说。他手上的动作慢下来，开始做些更细微的调整。记号笔太粗，影响了他笔触的精细度。他脑子里在想什么？

她刚这么想，便听到有人说出了同样的话，她抬头望着回到病房的医生。德索托医生从乔治正在发抖的手中轻轻抽走记号笔，举起那幅画。

"他画的是什么？"米莉的心吊到了嗓子眼，但隔那么远看不清楚。医生把画凑近了点。

大声说出答案的是查理："我觉得看着像监狱。"

她凑上前，仔细审视着那幅画稿，看出他说的没错——同心圆式的厚重墙壁，从坡道可以看得出是在某处极深的地底，没有门窗，出入只能通过中央的守卫塔。这是个只要进来了就别想逃出去的地方。

早些年,和其他初级建筑师们决定向成为合伙人而努力的时候,乔治经常会在下班之后出去喝上一杯,或是在办公室加班到深夜。他们会去出席晚宴和奠基仪式,米莉特别喜欢跟新客户和他们的太太见面,她也爱在一旁目睹乔治将他们对建筑的愿景推销给那些人,仿佛他们自己本来就是这么想的。

"等我当上了合伙人,我就给咱们建座梦想家园。"他说。与此同时,一家人搬到了县里居住。两人的孩子刚呱呱坠地,他竭尽全力在工作和家庭之间保持平衡,尽管谁都看得出,他心中的天平明显是偏向做个好父亲这一边的。查理尚在襁褓中时,他便开始筹划着要建座树屋,他会一边将熟睡的宝宝环抱在右臂弯里,一边画着草图。米莉醒过来才发现父子俩待在乔治的工作室里。"反正我们也睡不着,所以我们就想着,还不如干点活儿呢。"他会这么解释。最开始的那几年,到处都扔着草稿和皱巴巴的纸团,一遍又一遍地从头开始。

"孩子们还这么小,压根儿还想不到要什么树屋吧?"简出生以后,有一回米莉跟他说,"你怎么知道他们要树屋呢？"

"看看那棵树，"乔治边说边指着院子里那棵硕大的悬铃木，树叶在十月的柔和阳光下闪耀着黄澄澄的金光，"他们怎么可能不想要？"

等到简一岁、查理三岁的时候，他开始动工了，每到黄昏和周末，就忙活个不停。米莉没去给他帮忙，而是流连在花园里，播种、除草、照料花朵，她发现了园艺的乐趣，热爱上侍花弄草。不仅如此，一家人虽然是各干各的，但却可以共度时光。她在地里挖呀刨呀，锤子和锯片在一旁配乐，玫瑰和牡丹那浓烈的香气底下，飘荡着一抹微淡的锯末味。她喜欢听乔治跟查理解释他在干什么，也喜欢他让查理亲身参与劳动的方式——敲下一颗钉子，然后让儿子把它钉进去。"你天生就是个干建筑的料啊，孩子，看看你这手艺多棒！"如果米莉能用瓶子把哪段光阴封存起来的话，说不定她就会选择这段时光。

等孩子们大点以后，乔治便允许他们在设计中加入自身的喜好。

"我想要只长颈鹿。"四岁的查理说，于是乔治就把传统式样的梯子拆掉，打造了一只脖子里藏着台阶的木头长颈鹿。简说她想要一座长发公主的高塔，乔治就建了一座平台，只能沿着一根亚麻编成的粗辫子爬上去。在树屋落成之后很久，只要孩子们有人想添加什么新元素，他也总能找到办法糅合进去。

"总有一天，他们会难倒你的。"米莉说。

"至少现在还没有吧。"她丈夫回答。他说对了，他们始终也没难倒过他。她原本以为，那不过是座简单的小顽童①式的堡垒，结果它却开始展露自己的风采，与修剪整齐的花圃形成了鲜明的对照。这些年来，他先后建了一块海盗船甲板、一间长袜子皮皮②风格的侧房、新鲁滨孙漂流记③式的扩建部分、拜占庭式的通道和秘密夹层，在高高的枝丫上还有个瞭望台。他在树屋上缠了成千上万的灯，在定时器的控制下，每到晚上，这些灯就会自动亮起，像萤火虫一般闪闪发光。

他并没有让悬铃木限制自己的构想。在某些方位上，他修建的部分偏离了树体好几米，就像入侵的藤本植物一

---

① 20世纪20至40年代美国的一系列儿童喜剧短片。
② 指瑞典儿童文学作家阿斯特丽德·林格伦的小说《长袜子皮皮》的主人公，皮皮是个着装怪异、力大无穷、心地善良的小女孩。
③ 又名《瑞典鲁滨孙一家》或《海角乐园》，讲述了瑞典一个家庭意外流落到一个荒岛上，齐心协力生存逃离的故事。

般，树只不过是起到了奠定方向的作用，米莉怀疑，即便那棵树被闪电击中，乔治所做的建筑支架仍会将它固定在原地。这些扩建的内容有些较为美观，也有些在不同季节会呈现不同程度的美感，但乔治并不在乎它们的外观是否好看，他最开心的，是看到整座树屋到处爬满了孩子，其中既有他们自己的孩子，多数时候是孩子们的孩子。他唯一没有满足他们要求的是一架火箭："木头可造不了飞船呢，这完全说不通。"他说这话的神情十分严肃，米莉倒觉得为这种话题犯不着这样。

简从西雅图飞来了，闹哄哄地闯进病房，满身激动和疲惫，到处拥抱过来拥抱过去。米莉和平时一样，心中惊叹不已——她和乔治这么文静，居然生了两个这么吵闹的孩子，六个孙辈有五个也是大嗓门，只有雷蒙德例外，也许沉默寡言是一种隐性性状吧。查理和简吵了十分钟，争辩该谁留下守夜、谁带她回家，米莉不知道带她回家是算赏还是算罚，最后还是简说自己毕竟才刚到医院，想多陪父亲待上一阵；查理也说自己和妈妈都该好好躺在床上睡个囫囵觉，事情才算这么定了。米莉本来还想争一下，说自己也想留在医院，以显示自己在这件事上还是有话语权的，不过说真的，她确实想走了，在医院里待太久对谁都不好，哪怕不是病人。

她把乔治画的草图也带走了，在回家的车上，她把稿纸放在腿上叠起来。查理车开得很好，但感觉一切都太快了，这车是租来的，样子挺怪，到处是闪闪发亮的按钮和仪表，搞得跟飞机驾驶舱差不多。

"看来我们得制定一下计划了。"乔治说——不对，是查理。多奇怪啊，她儿子比她丈夫在她脑子里的模样还要老。她知道这是查理，乔治开车眼睛从不离开路面，而查理现在却紧盯着她，等她对刚才说的话做出反应。他希望她做何反应呢？她努力克制自己，不想拖长了声音说"呃……"，就跟她重孙子们那样。

"看着点路，查尔斯。"米莉指着挡风玻璃，查理调转目光看回路面，但还是不时朝她这边瞅上几眼。

"这些年你们一直独自生活，没麻烦什么人，已经表现很好了，可要是他需要康复治疗的话，你不可能照顾得了他。"

"我知道。"米莉说。

"而且我也说不准，你再一个人住那么大座房子到底好不好。"

"雷蒙德经常过来看我。"

"他是个好孩子。我很高兴他住得离你这么近,但就算是这样,也不可能指望他负起全部责任。"

"我不会有事的。"米莉说。

"你得考虑一下——"

"我会考虑的。"

"你都88岁了,你们老两口自己生活了这么多年,已经算是个小小的奇迹了。"

"我会考虑的。"她这么一说就算结束了这个话题。

剩下的路程,两人再没说话。前天下的雪已经被压实了,查理让她坐在车里,没熄火,自己则拿铲子把步行道上的雪铲掉。虽然离得有点远,还是看得出他费了九牛二虎之力。这感觉多怪呀,看着自己的儿子变老。他是不是也觉得自个儿老了呢?要是他都已经老了,那她自己又算什么?他汗流浃背地搀着她,爬上撒了融雪剂的台阶,累得脸红脖子粗。

等到独自待在卧室里时,米莉把手伸进自己的开襟毛衫口袋,把乔治那两颗掉了的纽扣拿出来。她不知道他的睡衣给弄到哪儿去了,因为刚才他穿的是病号服,只要能把那件衣服拿回来,这两颗扣子要重新缝上去容易得很。

乔治老是掉扣子，要么是把瘦得穿不进去的裤子上的纽扣崩掉了，要么是把衬衣蹭到绘图桌边上去了，当然，这一回并不是他的错。

她刷牙，换上睡裙，用梳子缓缓梳理头发。没必要照镜子，她知道自己憔悴不堪，她没看镜子，而是望向灯火通明的树屋。要是乔治不在，谁来换灯泡呢？哪怕就一晚上灯不亮，她想想都觉得难以忍受。

也许查理说得对，是该考虑一下，要不要搬到更方便打理的住处了。要是乔治过世了，或许住在别处会更好一些，这座房子的每一个角落都充斥着回忆。她想不起有哪个晚上自己曾经孤枕独眠过。不，不对，怎么忘了呢？曾经有过的，整整一个月的时间，那是在1951年，正是从那一年起，他们的生活改变了。

只有那一次旅程，乔治并未与米莉同行。那是1951年秋天，军中寄来了一封信，要他飞去新墨西哥。

"你不是非得去吧？"她说，"你现在不是已经退伍了吗？而且他们信里头都没交代清楚，到底让你去干什么，就写了个'项目维护'。"

"我去了不就知道了，说不定那些理论性的设计终于有哪一项实地修建了呢,说不定我降落的那座机场就是以乔治·高登的名字命名的呢。"

他倏然俯身,一把抱起简,抛向空中:"也可能他们要给你老爸颁发一块奖章哦!'应对官僚主义勇气奖'!"简咯咯笑起来。

他这一走就是两周,然后三周,然后是四周。直到简三岁生日那天下午,她们才在友谊国际机场①接到他。直到她把孩子们塞进帕卡德车②里那一刻,米莉都还在担心电话铃声说不定什么时候就会响起,乔治会操着疲惫的声音说行程又推后了,她能不能自己想法再对付一星期?她狠狠捣弄着给简做生日蛋糕的原料,面糊沿着碗边四散奔逃。千万别响。她冲着电话暗自祷告。

好在电话并没有响,她开车过去的时候,他已经到了,身上的西服皱皱巴巴,耷拉着肩膀,模样跟之前在电话里的声音一般疲惫不堪。米莉本打算向他倾吐一下他不在期间自己承受的压力,可此时她只是吻了吻他胡子拉碴的脸颊。坐在后排的孩子们向前倾过身子,紧紧拥抱着爸爸,

---

① 即今巴尔的摩—华盛顿国际机场。
② 20世纪中期停产的美国汽车品牌。

简直要把他勒得喘不过气来。

"坐好了，你们两个。"他边说边用巴掌把孩子们的手从脖子上拍掉。

"给我们带礼物了吗？"查理隔着座椅靠背伸过手去，想抓住乔治两膝间夹着的蓝图筒。

"别碰！对不起，孩子。没带礼物。"

米莉眼看着简眼泪汪汪的就要哭，赶紧想办法转移话题："今晚我可准备了一顿大餐，全是简最爱吃的东西，也给你弄了牛排。"

"简爱吃的东西？"

"是啊，生日晚宴的菜单当然要她自己来挑选啦，得有点大姑娘的样子。"

他挠了挠两天没刮的胡茬子。

"对呀，是简妮宝贝的生日晚宴嘛，"他重复了一句，"简妮，你明天自己去挑生日礼物好不好？大姑娘都这样。"

气氛由阴转晴，后排的查理已经嘀咕了一长串他觉得简可能会喜欢的玩具，其实每样都是他自己的心头所好。米莉瞥眼看着乔治，他正用手指捏着鼻梁。她想找个机会问问他，到底出了什么事，可等他们一回家，他就钻进工作室里不见了。她忙里忙外地准备晚餐，他则训斥了孩子们两回,怪他们不该在饭桌上吵吵闹闹;第三次发完脾气,他还没等到给简唱生日歌,就找个理由走开了。

那天晚上,米莉在床上翻了个身,发现乔治没在身边。她去了他的工作室,去了厨房,去了孩子们的屋子,也去了书房,到处都不见他的影子,直到最后,她才发现通往花园的门没闩。空中和草间已凝了霜露,她披了件法兰绒长袍,却后悔不该赤着脚跑出来。乔治的哭声从树屋上飘落下来,隔着草坪传入她耳中。

她登上长颈鹿脖子上的台阶,穿过海盗船小桥,初坠的叶片把一些梯级弄得有些湿滑。在她头顶的瞭望台中,乔治哭得像个孩子。她不太能确定,哪一样更让自己觉得害怕,是他先前奇怪的情绪,还是他此刻落下的眼泪。说不定他宁可她现在就沿着梯子爬下去,重新钻到床上,假装刚才什么也没有听到呢。

她刚往下迈出一步,脚便踩碎了一片叶子。

"别走。"他说。

她停住脚步:"乔治,出什么事了?"

"请你别走,"他说,"我也不知道,我别无选择。"

她希望他接着说下去,可能只要说错一个字、走错一步路,他就不会再往下说了。她一动不动地站着,聆听着他不规则的呼吸声，想判断出他离自己有多远。

"他们原先说那些都是假想的场景。"

她等着他说下去。

"结果是真的，小米。那些东西手无寸铁，并无恶意。他们的飞船毁了，已经在那儿困了四年。现在军队想让我重新设计一个更新更好的地方，确保将来能'无限期'地把他们困在那里。我真该一口拒绝，马上就坐飞机回来的。可中尉却说这是'为了保证国家安全'，他还让我想想你，想想查理，想想简。我没办法，只能照办，你明白吗？"

她不明白，等着他再往下说，脑子里涌起各种疑问："他们"是谁？为什么会被困？为什么不能回去？不能回哪里去？他又为什么管他们叫"东西"？到底是知道好还是不知道好？她最后决定，如果他想说的话，就会主动跟自己说的。好几分钟过去了。她冻得发抖，沿着用螺栓钉在树干上的木梯子往上爬了四级，然后笨手笨脚地摇晃着爬上瞭望台。乔治穿着条纹睡衣，坐在角落里，膝盖缩在胸口，那坐姿就像个孩子。

她想走近他，拥抱他，如他一直以来拥抱自己那样。她想跟他说，不如忘记这件事。可她没说出口，而是吻了吻他的头顶，然后朝着瞭望台外探出身去。她以前从没一路爬到树屋顶上过，从这个稳固的栏杆望出去，她看得见下方沉睡的花园精致的起伏，花园之上，越过屋顶，掠过路灯照耀的社区，远处是黑黝黝的农田。她不知道现在是几点，但天地相交之处，一抹微弱的晨曦已然染红了地平线。即使身在这样的高处，她对他的手艺依然深信不疑：平台坚实，栏杆稳固。

她在他身旁坐下，对他说："你是个好人，是好丈夫、好父亲，无论你做过什么，我都相信你是不得已而为之。"片刻之后，他伸臂环抱住了她。她知道，他刚才吐露过的一切现在又已深埋心底。谁又能想到，这样亲密无间的一刻竟然成了分隔过去与未来的一道分水岭呢？也许当时她应该再多问几句、再多鼓励他两下、再多安慰他一番的。整整过了60年，才又绕回到了他那天晚上谈的那些东西上来。那天晚上，她并不了解他说的是什么。她就这么放了手，任凭他一人背负重担。

米莉醒来后的第一件事就是给雷蒙德打电话。接听的是马克。她发现自己完全不知道今天是周几，要是周末的话，她这电话去得就实在太早了。马克把电话交给雷。

"我好像在医院待糊涂了，记错了日子。"她说这话算是道歉。

"没事，外婆，怎么啦？"

她深吸了一口气："我在想，不知道你肯不肯帮我个忙，如果你打算过来的话……其实也不是，这并不重要。不管你今天来不来医院，不知你愿不愿意在我家这儿停一下，帮我找样东西？"

"没问题，找什么东西？在哪儿？"

"我不知道究竟是个什么东西，也没法肯定就一定在那儿，说不定什么也没有。我就是觉得好奇，可那地方我自己又爬不上去。"

"上去？"他反问道。

"在树屋顶上。"

查理起来以后，米莉坚持让他先去医院，自己留在家里。"雷蒙德正在来的路上，"她说，"他会捎我过去的。"

"你把他拖到这来干吗？"查理替她往杯里斟上咖啡，又在橱柜里乱翻一气，最后找到一只旅行杯，给他自己用。他把牛奶从冰箱里拿出来，闻了闻，然后分别往两人杯中倒了些。

"我让他来帮我找找文件资料，不知放哪去了。"还没等查理来得及自告奋勇帮忙，她便又补充道，"因为原先我是叫他帮我找个安全的地方放起来的,所以还是让他自己来找比较好。"

他啪一声把盖子扣到杯上,同情地朝她微笑:"就跟他舅舅一样,是吧?你还记不记得,我原先特地找地方保管的那些东西,后来我再也没找着过。我还等着哪天你打电话跟我说,你把我那张布鲁克斯·罗宾逊①新秀卡给翻出来了呢。"

她吻别了儿子,总算把他给推到门外去了。在这一点上,可怜的雷蒙德才不至于沦落到跟查理舅舅混为一谈呢,没人比得上查理那么丢三落四的。

等雷到家以后,她给他解释了一番想让他找什么,或者不如说是解释了一番,自己完全不清楚让他找的那东西究竟是什么,可他要是找着了的话,他就知道是那东西了。她叫他扣上顶乔治的帽子,又戴上一双手套,才让他出去爬树屋。

他刚一出去,米莉自己也开始四处搜寻。她一路经过走廊,推开工作室的门,室内的空气寒冷而污浊。她和乔治冬天都不怎么来这间屋子。跟隔壁的卧室一样,工作室

---

① 美国著名棒球运动员,服役于巴尔的摩金莺队。

的窗户也是朝着后院开的，她先是观望了一会儿雷蒙德在冰雪中的进展，然后才转而开始自己手头的搜索工作。她也不知道乔治有没有在这里存放什么或许可以说明他行为原因的东西，不过找一找还是值得的。

她从文件柜开始找，不是她放家里各类账单、合同、保修单据和收据那个文件柜，而是木质贴面那个，他专门给自己打造的那个。抽屉轻轻一拉便开了，里面的各类设计图都整整齐齐地贴着标签，按字母顺序排列。她在这儿能找到什么呢？"S"代表秘密，"P"代表监狱？不太可能吧。

电话响起，一声、两声。他们为什么不在工作室里装部电话？三声、四声，卧室比厨房近点，但她还不想坐在乔治之前坐过的那张桌子旁边。五声、六声、七声。铃声中断了，然后又重新响起。她不能肯定，有人这么着急找她，自己到底愿不愿意接这个电话。

她拿起听筒。

"妈，他又发作了一次，他们不知道他还能不能醒。"简哭着说。米莉试着安慰她，又觉得这么做很荒谬。她该怎么解释呢？其实就在从地上捡起他睡衣上掉落的扣子时，她心里就已经开始哀悼乔治了？

"坚持一会儿，简妮，"米莉说，"我们尽快赶过去，我得先等雷蒙德回屋。"

她挂掉电话，倚在门框上。从厨房的过道能望见那间书房。乔治童年用过的桌子立在楼梯旁边阴暗的角落里。1969年他母亲过世之后，他就把桌子搬回家里来了。真有意思，这些东西悄悄变成了背景板，不会引起注意，这么多年，她都没对这张桌子有过什么想法。

合页吱嘎吱嘎响过，桌面摇摆着抬起，里面层层叠叠藏着孩子们的宝贝：某部迪斯尼电影里的公主玩偶、一辆金属小汽车、一本漫画书、一些外国硬币、几张火箭炮泡泡糖上的笑话包装纸。在这三代人丢失的玩具下面，她找到了点别的：一块胶合板。她费了点劲才把上面的假按钮撬松。她在里边找到了一本小小的皮面笔记本，就是他们初遇时乔治拿的那种。

乔治在封面内页签了名，写了日期——1931年。笔记本的每一页都画满了各种示意图：城堡、摩天大楼、城市比例图，每一幅都是乔治那训练有素的手所画出的比平常更富想象力的版本。他所抛弃掉的一切，都浓缩在了这小小的笔记本里。

追忆往昔，米莉看得出，那次单独的出行和在悬铃木树顶间的坦露心声成了一个转折点。太阳升起时，他们爬下梧桐树，给孩子们穿衣打扮，开车去市中心办事，去哈茨勒商场提前吃了顿午饭，给简买了件迟到的生日礼物，生活似乎又恢复了常态。米莉吃着奶酪吐司上的鲜虾沙拉，把乔治的焦虑不安抛到了脑后，何况后来又有过其他的谈话，发生过更大的争执。事后诸葛亮地回想起来，很容易发现，乔治在一夜之间变了个人。可等她注意到的时候，那些变化已然着地生根；等她注意到的时候，那个建筑师已然消失不见。

取而代之的是个很多地方都跟他相似的人，但身上却再也找不到半点孩子气。那个曾经在纸上涂抹着摩天大楼的大男孩，只在他的树屋作品上还残存着一缕痕迹。跟查理和简一道筹划什么的时候，他依然能激发起热情，但他再也没有把设计稿从办公室带回家过。

"工作上的事工作时间解决就行。"他这么说。

她很纳闷，为什么一个人为孩子们做设计仍然可以倾注全身心的热情，却不肯再花半点心思在工作上。她看着他一次又一次在晋升中被刷下，从此止步于初级合伙人的位置，不管在工作过的哪家事务所都再没获得进一步的提拔。

"他们想让我加班。"又辞了一份工作后,他会这么解释,或是:"他们想叫我出差。"

"那就出差呗,孩子们都大了,我一个人待几天又没事。"

他只是摇头。就仿佛他深谙自我推销的各种把戏,而又蓄意破坏自己的职业生涯似的。米莉并没有抱怨,当他们手头不宽裕的时候,当简需要箍牙的时候,当大风把车库顶刮掉的时候,她就去找工作。她尽力不去怨愤他的改变,其他建筑师激励自己创作的动力似乎不再出现在乔治身上,他只设计些乏味的郊区房,后来又搞点小型购物街和办公园区,而那些高楼、豪宅和博物馆则都归了其他那些更有抱负的设计师。

"给我看看你的设计作品吧。"她央求他,"那些你想要设计的项目。"

"就是些楼房而已。"他耸耸肩答道,这一回他说的是实情。

"一块新的区域呀!"她努力用带点兴奋的语气问。

"是啊,整座街区,不过只有三种不同的房屋设计。"

"全部都由你来设计吗?"

"不是，我只负责四居室，但还得跟另外一个同事一起干，好看起来如出一辙。"

"要知道，你可是很有天分的。"她一有机会就这么说，尽量每次变着花样，免得听着像老生常谈。"我真希望你能有机会把你原先提到过的那些建筑给造出来。"

他笑着从绘图桌前起身："你这么说真是太好啦，可这又不是艺术，只不过是我的工作，他们想让我弄什么，我就弄什么。"

当事务所里其他合伙人的太太们提到自己先生最新的得意之作时，她只是微笑，从不主动提起什么。要是他不想当艺术家的话，也不是非让他当不可，只是她无法理解，为什么他对自己的技艺如此自豪，同时却又任其荒废。即便她绞尽脑汁也无法确切指出，他丧失的究竟为何物。可她怎么好埋怨一个每天晚上帮忙洗碗、给孩子们讲故事、教他们"测量两次切割一次"这种木工原则的丈夫和父亲呢？她试着去鼓励他，而他却把事情来了个大反转。

"你怎么不去学校再深造一下呢？"等孩子们都上高中以后，有一天他问她，"你不是一直想对那些花花草草了解得更深入些吗？"

她真的去了，有一半也是希望能再次激起他的斗志。

她先后读完了植物学硕士和博士，才发现再也不可能刺激他来跟自己比赛了。当她需要设计花园的时候，他任凭她将他的工作室和绘图桌据为己有。每次有人想当然地以为家里那位博士是他的时候，他总会纠正他们，然后大谈米莉取得的成就，却从无只言片语提到过自己。当她想跟人炫耀一下他的作品时，他则以自嘲作为回应。她痛恨自己想让他有所改变的心态，尽力去爱他真实的样子，他就像一根不愿燃烧的火柴，她觉得希望他热烈地燃烧是自私的。

随着时光的流逝，这些已变得不再重要。她的事业蒸蒸日上，也学会了不再逼迫他努力上进。孩子们长大、离家、回家、离家，也有了自己的孩子们。退休以后，她反倒发现跟他做伴轻松多了，她很喜欢看他舒舒服服跟孙辈和重孙辈相处，也很高兴他又开始为新一代设计新的树屋作品。

她无法肯定，根据一个人二十来岁的表现来评价他是否公允。与你偕老的那个人未必就会一成不变，如你嫁他时一般模样，她知道，他也会这么来评价她的。她心中歉然，自己花了这么长时间才搞明白这件事，才学会不再逼他，不过人生多半便是如此。

雷蒙德开车送她到医院，然后又掉头回家："我想到一件事。"他在她前额一吻，就又冲了出去。米莉坐在乔治床边的直背椅上，看重播的电视节目，简和查理轮流坐在她身边，偶尔会溜到走廊上去说话，她听见查理至少有两次提到"养老社区"这个词。

她尽量专心看电视。里面每个男人好像都是建筑师，每集情景喜剧、每部电影，从《脱线家族》①开始莫不如此，全都演的是怀抱蓝图和摩天大楼梦想的青年。为什么会这样呢？因为这份职业既有艺术气质，又不失男子气概；既敏感，又并不软弱，对于一个具有创造力、而又想养家糊口的男人来说再合适不过了，至少在他决心不再奋斗那天之前，是这种情形。不过电视上好像没有出现过他这种情况。

那天晚上，雷蒙德回到医院，脸上洋溢着马到成功的得意之色。他很快便说服母亲和舅舅，趁食堂还没关门之前，赶紧去买点晚餐。

"我想我找到的就是你要找的东西，外婆。"他微笑的

---

① 20世纪70年代的美国情景喜剧，讲述了一个有三个儿子的父亲与有三个女儿的母亲重组家庭后的故事。

模样可真像乔治年轻的时候啊。幸好他要高一些，有个不对称的奇怪发型，但同样潇洒自信，她曾经多爱慕这种自信啊。她也报以微笑。其实她并没想到真能找到什么，但终归值得一试。

"树屋上到处都是各种夹层，不过大部分都装满了玩具呀、棒球卡呀之类的玩意儿。不管怎么着，我想起来有一回我的表哥约瑟夫追着我到处跑，因为想要我的史蒂夫·奥斯丁（美国摔跤明星）活动人偶，我不知道该放哪儿他才找不着。我都快爬到最上面了，才发现支撑瞭望台的金属框架是中空的，如果拿东西可以把它们撬开。正好我随身带着把小折刀。我撬开的第一个里头已经塞了点东西，所以我就把史蒂夫·奥斯丁人偶放在第二个里边了，直到约瑟夫回家才又拿出来。我从来没想过要看一下第一个里头塞的是什么，直到刚刚才想起来。"

他做了个夸张的手势，从背后献宝似的拿出一根蓝图筒。"我打开来确认了一下里面有东西，的确是有，不过我并没看是什么。"

她尽力止住声音中的颤抖，希望别人都走开得再久一点。"打开看看可以吗？"

雷蒙德倒出里面的纸卷，将图纸搭在乔治腿上。

"乔治，我们正在看你藏起来的蓝图。"她觉得只有先跟他说一声怎么回事，对他才公平。

图上这座监狱跟他在简易白纸上画的那座一样。这一幅是用正儿八经的绘图纸画的，细节也更清晰，不过还是有点没画完的样子。真的设计图纸肯定不准带回家，准是他后来又重新描出来的。她的眼睛在图纸上游走，努力理解图中这恐怖地区的细微差异。她见过无数乔治绘制的设计图，看到纸上的图形，就能在脑海里生成完整的建筑形态。

"跟那幅一样。"可话才出口，她便发现了一处在之前那个粗劣的版本上并未注意到的纰漏。她又凑近看了看，确凿无疑。在这座一切尽收于眼底的监狱中，竟有一处微小的盲点。据她所知，乔治画蓝图的时候从未出过差错，那他在军中的原图是否也有同样的瑕疵呢？无论工程师还是建造者，有谁发现过这漏洞吗？米莉无从得知这份草图是否与修建的实物完全一致，还是他在回忆时对设计进行过修改，只能自行猜测该说点什么才能抚慰他的心。

她俯身亲吻乔治胡子拉碴的面颊，对他耳语道："也许你办到了，老头子，也许你给他们制造了一点儿机会。"

开车回家的路上，简一直在给母亲讲工作近况和儿孙们的淘气事，米莉的心思被她搅得乱七八糟，不过倒很庆幸女儿分散了她的注意力。两人一到家,简便直奔厨房。

"来点茶?"简边拿茶壶边问。

"那太好了。"米莉表示乐意,然后才托词回到卧室。

她在黑暗中穿过房间,推开双扇玻璃门,让冬日冷风灌进来。一年四季,她从未厌倦过这番景色。今晚,满月的光辉映照在积雪上,消失在雷蒙德的足迹中。悬铃木光秃秃的枝丫被月光勾勒出轮廓,如同颀长的白色手指,仿佛在树屋空荡荡的平台上实行降福仪式一般。

米莉穿过门廊,走进天井,积雪几乎深及膝盖。她又往前走了两步,朝着悬铃木的方向,寒气令她眼中泛起泪花。

她真希望能重回1951年那个夜晚,问问乔治他都做了些什么,问问如何才能替他分担心上的重负。可惜为时已晚啊!片刻之间,她任由自己沉浸在悲痛中,为她的丈夫,他们共度的时光,还有他们彼此分享和暗自压抑的一切。这悲痛如同寒冷般无处不在,将她重重包围,填满了她呼出的空隙,直至她再次将目光投注到树屋之上。躺在医院里那具躯壳上所流失的一切,莫不仍旧停驻于此,那是乔治的精魂。

"噢。"她轻声低语,初升的日光照在她身上。

"我不会离开的。"她对那棵树说。说不定雷蒙德会来帮忙的，又或者她可以雇人来照顾起居。她重新回到室内以后，灯光仍在闪烁，当她合上双眼，那光芒依然在她眼睑后翩翩起舞。

米莉记得，乔治曾应允为她建造一座梦想家园，当时他们只是将此地作为暂时的过渡，而不是真正的家。她忽然觉得，幸亏他从未有机会真正动手，而是全身心投入到一个疯狂的项目反复的升级换代中去了。即使最好的计划也有值得改进的地方。

早晨，餐桌上放着几本养老社区的宣传册。

简一脸歉然："查理说我们应该聊聊你面临的选择了。"

"我知道自己有哪些选择。"米莉边说边将杯子压在一张满头银发的笑脸上。

她拒绝了简的援手，自己将手提箱拎到医院。两人走进乔治的病房后，她便打发查理和简去吃早餐。

"我想跟我丈夫单独待一会儿。"她说。

然后两人又重新回到了二人世界，只是床边的机器嘈杂不断，时钟嘀嗒作响，电视还开着，门外还有个护士站，不过这些干扰都不难排除。

"我们又可以画画啦，老头子。"

她打开手提箱,拿出一块绘图板、一张纸、一把铅笔,她设法将椅子斜置,这样便可半俯在病床上。她把铅笔放在他掌心,乔治的手便握住笔,两天前那种幻影般的能量已消失殆尽。她双手裹紧他左手,用动作引领着他。

他懂绘图,可她懂植物。他们从根部开始画,她引着他画出树的形状,那也是他赎罪苦行的模样。他们画出每一根两人熟记于心的枝丫,画出每一座她从花园里的黄金位置看到的平台:消防站式的滑杆、木偶剧场、长发公主的高塔、瞭望台——里面藏着他的秘密。最后,在树屋周围,他们开始画她花园的设计图。什么都无关紧要了,重要的只是她紧握着他的手:久久相握,久得仿佛海枯石烂,久得仿佛能感觉到,一切曾陷入牢笼的都已重获自由。

莎拉·平斯克,美国科幻作家、独立音乐人。曾将音乐和写作比作她的白天和黑夜。六七岁便开始用得克萨斯最早的一批电脑写作,先后出版过四十余篇小说。13岁组建乐队,乐队也曾在美国20个州演出。其作品笔触细腻、层次丰富,曾获星云奖、雨果奖。

本篇获2014年斯特金奖。

名师大语文

名师导读

"一切曾陷入牢笼的都已重获自由。"这是才华横溢的建筑设计师乔治的毕生良愿。

乔治的心中埋藏着一个惊人的秘密——他曾为美国政府设计的一个特殊建筑竟是锁住无辜外星来客的牢笼!而建筑本该是和舒适、温馨、放松相关的载体。为此他背负着良知与责任的重担,独自一人面临着无底的深渊,为家人撑起遮风挡雨的一片天空。他在庭院里建了一座随季节变化,任凭孩子们泼洒创意、释放天性的悬铃木小屋,在其中倾注了他全部的才华、热情与理想,直到他垂垂老矣,即将离开人世。

51 区和 UFO

美国内华达州南部林肯郡的格鲁姆湖地区,有一块被视为美国土地上保密程度最高的地盘。它没有出现在美国政府的地图上。美国地质勘探局关于这一地区的地图仅仅显示了早已被遗弃的格鲁姆矿，内华达州民用航空图把这里标为大片的飞行限制区域。"51区"就位于格鲁姆湖湖边地区，从未对居民和常规军用飞机开放过。它受雷达站和地下传感器的保护，任何不速之客都将遭到直升机及地面武装卫队的即刻驱逐，即使是美国空军飞行员在此训练也要详细地报告给军方情报机构。它的周边到处竖立着禁止进入和拍照的告示牌。1995年，美国联邦政府还将该地的管制范围延伸至邻近的山脉上，使得这里的所有景观都无法进入常人的视线。

UFO（不明飞行物）爱好者和指控美国政府在格鲁姆湖地区进行某种阴谋活动的批评人士对此保持着长久的关注，民众也对此充满了各种各样的好奇、猜测和想象。"51区"有许多与UFO有关的传说，最著名的当数罗斯韦尔事件。1947年7月8日左右，美国新墨西哥州罗斯韦尔的《每日新闻报》刊出一条耸人听闻的消息："空军在罗斯韦尔发现天外坠落的飞碟。"这条新闻马上被《纽约时报》等各大报刊转载，并通过无线电波传遍世界。天外来客的消息像一枚重磅炸弹，在美国公众中激起轩然大波。虽然美国政府坚称那只是一个美国军方坠毁的侦察气球，但广为流传的说法是，这是一起外星人的飞碟坠毁事件。之后，人们对外星来客和UFO更感兴趣，研究人数急增，"罗斯韦尔"几乎跟UFO成了同义词。而"51区"之所以备受关注，就是因为很多人认为这里是美国政府秘密处理飞碟残骸及外星人尸体的地方。

思维拓展

一段当下的生活，一段过去的回忆，作者带着读者以主人公米莉的视角，对丈夫乔治的一生进行了略带困惑和感伤的回顾。这样的写作方式也给读者一种在人物的回忆中游荡的朦胧感，更能够增加文章的神秘感。

在情节的设计上，作者采取了一种比较隐晦的表达：作者并没有直接告诉读者乔治所面临的问题，而是通过米莉的回忆与猜想，带着读者一步步掀开回忆的面纱，猜测问题的所在。既能够很好地调动读者的阅读兴趣，又增加了文章的浪漫色彩。乔治和米莉夫妻情深，一家人的天伦之乐温情脉脉贯穿全篇，与乔治有感于外星人被困的无奈、米莉无法帮乔治分担痛苦的怜惜形成奇妙的张力与平衡。

人的一生中有太多的迫不得已。就像乔治，在"为了国家安全"的威压下，他不得不设计了一座"更新更好"的特殊建筑，以便把外星人永久地困在那里。而这所监狱的环境和目的有多么险恶，作者没有具体描述，但通过乔治的反应，我们可以想象这所监狱对外星人势必是不友好的。乔治不愿意伤害别人，即便是不明来历的外星人。但他别无选择，所以才会抱憾终身。但善良的人总会努力做有益于他人的事情，乔治的设计稿上似乎有一处瑕疵，而这一处瑕疵应该就是他刻意留给这些外来生物的隐秘求生通道吧。

　　你有没有心中藏着秘密却无法告诉别人的时候呢？这种情况下你的心情会怎样呢？或许，我们每个人一生中都会面临这样的困境，但无论如何，我们都应该努力做出那个最善良的选择。

冰

[加] 里奇·拉尔森/著
傅临春/译

塞奇威克用他的制表黑掉了弗莱彻的闹钟，但是当他半夜溜下床时，却发现他弟弟非常清醒地等着他，改装眼在黑暗中幽幽地发着绿光。

弗莱彻犹豫着咧嘴一笑："没想到你真的要去。"

"我当然要去。"塞奇威克的用词依然很简洁，这数月来他都是如此。他绷着冰冷的脸道："你要来，就穿衣服。"

弗莱彻的微笑退去，换回了惯常阴沉的样子。两人悄无声息在房间里转来转去，默默地套上保暖衣裤、手套和橡胶靴，他们移动时犹如滑块拼图的两个碎片，谨慎地与对方保持一定距离。除了用毯子闷死弗莱彻，如果还有办法能让他不跟来，塞奇威克一定会照做。但弗莱彻已经14岁了，个子虽然还是比他小一些，却也不差多少，而且他瘦小的改装胳膊坚实得像外骨骼一样，威胁已经不顶用了。

等他们准备好后，塞奇威克打头，两人走过父母的房间来到前厅——父母给这间房子录入过塞奇威克的拇指编码，出于歉疚——迫使他再次离开定居地，将他丢在这个该死的地方，一个冻死人的殖民地。方圆百万光年内，他是唯一没改装过的16岁少年。按父母的说法，他博得了他们的信任，但没具体解释。当然了，弗莱彻才不需要博得信任，他能照顾自己。

塞奇威克抹掉了出行记录，不为别的，主要是出于习惯。然后他们走出冰冷的前厅，进入更冰冷的上街。上方拱曲的天顶是一幅夜空全息景象，蓝黑色，有一个大得离谱的卡通月亮，亮白色且坑坑洼洼。除了塞奇威克和他的家人，新格陵兰没有人见过真正的地球夜晚。

他们沉默地沿着成排的房子往前走，靴子在霜冻上擦出印迹。途中，有一个自动清洁器正在处理一片溢出的亮蓝色冷却剂，它狐疑地瞟了他们一眼，又转头继续工作。

弗莱彻偷溜到它身后，做出要把它扳倒的姿势。这本来可能会让塞奇威克笑出来，但他已经学会了把自己变成一个黑洞，湮灭一切近似于友谊的感觉。

"别瞎搞，"他说，"它会扫描到你的。"

"管它呢。"弗莱彻一边说着，一边不屑地耸耸肩，他最近常做这个动作。这让塞奇威克相信他是真的不在乎。

甲烷收集器正处于停转周期，这意味着工作组还徘徊在殖民地里，在多巴胺酒吧和舞厅来来回回。他们都用了同一款的改装基因模板，全都有橡胶般的苍白皮肤，可以自行生成维生素；全都有深黑色的眼睛，惯于暗中视物。其中一些瘫坐在路边，被刚刚轰炸了他们血液的玩意儿放倒了，不管那玩意儿是什么。当塞奇威克和弗莱彻走过时，他们咕哝着"异外特……"之类的字眼。其中一个慢了好几拍对他们喊出"你好"。

"要跑一跑。"弗莱彻说。

"什么？"

"要跑起来，"弗莱彻摩擦着胳膊，"好冷。"

"你跑呗。"塞奇威克讥讽道。

"随你便。"

他们继续走着。除了酒吧上方闪烁的全息图外，上街只是一条由生物混凝土和复合材料筑成的单调长廊。下街也差不多，只不过多了一些隔几分钟就喷出蒸汽的检修隧道。

塞奇威克试过从殖民地的一头走到另一头，只花了一天时间，最后他得出结论：除了橄榄球场外，没什么值得他耗费时间。他在球场里遇到的当地人也用他们那僵化的基础语对他表示了赞同。这些人玩的路数不同，球也很重，他们那种惊人的准确度是属于改装者的，塞奇威克知道自己不用多久就会跟不上那种节奏。

殖民地外则是另一番景象。正是这样，塞奇威克才在凌晨2点13分偷溜下床，并和弗莱彻沿着一条未封锁的出口隧道往外走，这条隧道有一小块非法的酸性黄全息标记。今夜，霜鲸正在破冰。

塞奇威克上周比赛遇见了一些少年，此刻，其中的大部分人都等在出口隧道的尽头，懒散地站在闪烁的荧光下，传递着一支电子烟。他已经把他们的名字和脸都录入了文档，并且记熟了。塞奇威克不是第一次当新人，他已经知道要怎么区分谁是谁了。

有个领头的，完全凭心情决定让谁加入。二把手爱嫉妒，三把手什么都不太在意。小兵们根据头领们的动向见风使舵，可能很热情，也可能带着隐约的敌意。最后是游移于边缘的人，要么挤在人堆里，想找个还没有确定地位的朋友，要么就是因为害怕被取代，而变得沉默寡言。

在这里，要分清谁是谁显得有些困难，因为每个人都改装了，而且大家基础语都不好。看到他时，他们全都疯疯癫癫地挤过来和他握手。他们握手的节奏奇怪又不连贯，塞奇威克不太能跟得上。没精打采的高个子是佩特罗，他是第一个和他握手的，那是因为他最近，而不是因为他在乎。欧克斯欧已经眨着他的黑眼睛表示认可了。布鲁姆结实得像块砖，笑起来的声音像是在生气。还有个欧克斯欧，他的下巴上有再生植入物，所以很安静，当然也有可能是因为别的。

安东是最后一个，塞奇威克已经认定他是领头的。安东和他握手握得更久一些，咧嘴笑时露出了那一口永远不需要矫正手术的大白牙。

"嚯，异外特，早上好呀，"他看看塞奇威克身后，闪了闪他的眉毛，"谁？"

"弗莱彻，"塞奇威克说，"我弟。要把他喂给霜鲸。"

"你兄弟。"

弗莱彻把自己长长的双手塞进了保暖衣的口袋里，迎上安东的目光。塞奇威克和他弟弟都有一样浑浊的后人种黑色素和烟黑色的头发,但除此之外就没什么相同点了。塞奇威克一直是纤瘦的小骨架,肌肉薄薄地贴着胸部和胳膊,哪怕在重力健身房里也只能挣扎着以克为单位增加负重。他的眼睛有一点凹陷,而且他痛恨自己的鹰钩鼻。

弗莱彻却早就是宽肩窄臀,每一部分都肌肉紧实。塞奇威克知道,不用多久他就会比自己更高。他的脸现在棱角分明,婴儿肥已经不见了:利落的颧骨,雕塑般线条硬朗的下颌。他的眼睛在半明半暗的隧道里仍然在反光,像猫眼般发亮。

安东的视线在两兄弟之间摇摆,无声地表达着最大的疑问,那个大家都有的疑问——他已经改装了,你为什么还是自由态?塞奇威克能感觉到自己的耳尖在变烫。

"它们有多大?"弗莱彻问着,又开始咧嘴笑了,"霜鲸。"

"很大,"安东说,"达难太硕。"他指了指下巴有植入物的欧克斯欧,打了个响指寻求支持。

"大得要命。"欧克斯欧含糊地补充道。

"大得要命。"安东说。

一跨出去,寒冷就立刻浸透到了塞奇威克的骨头。头顶的天空一片虚空，比任何全息图都更黑更广袤。四下里一眼望不到头的，都是冰。只有甲烷收割机的昏暗光线，撕开这片黑暗，然后又缝起来。

布鲁姆有一盏工作组员给的便携灯，他把它交给安东，让他固定在外套风帽上。灯屈伸着弯过他的头顶，散开一团惨绿的光。塞奇威克感觉到了弗莱彻的视线——也许是惴惴不安的，因为他们从未在夜里走出过殖民地；又或许是自负的，指不定他又在采取行动，准备再次毁掉塞奇威克的什么东西。

"好了，"安东说着，期待地呼出长长的一缕蒸汽，他的嗓音在无垠的空气中听起来很空洞，"蹦嘎，蹦嘎，好了。我们走。"

"没错，"塞奇威克说着，试图笑得潇洒一点，"蹦嘎。"

布鲁姆再次发出怒吼般的大笑，用力拍了拍他的肩膀，然后他们在冰面上往前走去。橡胶靴底上的壁虎式突起让塞奇威克保持平衡，衣服里的发热线圈也早已轻响着启动了，但他呼吸的每一口空气都像是要冻裂他的喉咙。弗莱彻跟在落后大部队半步的地方。塞奇威克忍住回头瞥上一眼的冲动，他知道自己会瞧见一脸漠不关心的冷笑，就像在说"有什么好看的"。

回想起来，他应该把父母的安眠剂加在弗莱彻的牛奶里。就算是改装的新陈代谢系统也不可能迅速摆脱三片药的药效，那样他就不会跟着来了。再深一步想，他就不该在弗莱彻能听到的地方，跟安东和佩特罗说那些关于霜鲸的话。

在他脚下，冰的质地开始改变，它们从光滑亮泽的深黑，变得满布疤痕和涟漪，带着破碎过又重新冻上的痕迹。他差点在一块畸形的晶石上绊倒。

"好，停下。"安东举起双手宣布道。

大概一米外，塞奇威克看到一个敦实的铁制指示塔沉在冰中。就在这当口，它的尖端亮起来了，是酸黄色。当佩特罗拿出他的电子烟和其他卷成一团的东西时，安东把一只胳膊甩到塞奇威克肩上，另一边则环着弗莱彻。

"蹦嘎，阿奇—格拉索—外来赛鲸。"他说。

这一串发音听起来和塞奇威克给自己录入的任何课程都毫无相似之处。

安东瞥了一眼下巴有植入物的欧克斯欧，但后者只是弓着腰凑在那里吸烟，嘴唇微紫。"这里，"安东重申道，比了比指示塔，"从这里，霜鲸会上来。"

塞奇威克朝电子烟做了个手势："给我那个。"

佩特罗慢慢地给他鼓了下掌，不知是挖苦还是为他庆贺。弗莱彻正看着他，可能因为这样，塞奇威克才尽可能让那呛人的烟雾在肺里待得久了点。只有一点头晕，但足以错过下巴有植入物的欧克斯欧对他说的前半段话。

"……是这个区域，"欧克斯欧从他松开的手中扯过电子烟，传给了别人，"看，看那里，那里，那里。"他朝外指着，塞奇威克能看到远处渐渐亮起来的其他指示塔。"超级危险，好吗？在这个区域里，霜鲸会打破冰层呼吸。为了打破冰层呼吸，霜鲸会撞击冰层七次。少减该，七次。"

"最少七次。"另一个欧克斯欧插话道。安东隔着手套掰着手指，大声开始数数。

"明白了。"弗莱彻咕哝道。

"所以所以所以，"下巴有植入物的欧克斯欧继续说，"霜鲸撞第一下时，我们就走。"

"我以为你们会留下来等到它结束。"塞奇威克说。他听得不太认真，寒冷正一个个地消灭他的脚趾。

数到二十时安东放弃了，又返回谈话。"我们走，异外特，"他笑着说，"你跑，你跑，我跑，他跑，他跑，他跑，他跑，这里……"他踢了一脚指示塔，发出沉闷的声响，"到这里！"

塞奇威克的视线追着安东伸出的手指，在满布疤痕的冰面上远远的那一端，他勉强能看到那个指示塔发出的黄色灯光。塞奇威克只觉得心往下一沉。他看看他弟弟，有那么一瞬间，弗莱彻看上去又像个小孩子了，但接着，他的嘴角翘了起来，他改装的眼睛开始发亮。

"好的，"他说，"算我一个。"

"你不算！我们现在就回头！"塞奇威克只差一点点就要说出这些话，但它们全堵在了他的胸腔里。相反，他转向安东，耸了耸肩。

"蹦嘎，"他说，"我们走吧。"

人们再度纷纷来和他握手，每个人都号叫着欢迎新成员。弗莱彻伸手示意要烟，这是他第一次抽烟。当电子烟传完最后一圈时，塞奇威克紧紧握着它，望着那一片黑暗，试图让自己停止颤抖。

他知道弗莱彻比他快。从他12岁他弟弟10岁开始，他就知道这个事实，它像一块石头般坠在他胃里。那时他们还在地球，在苍灰色的海滩上赛跑。雾气冷峭，周围没有别的人。弗莱彻在最后三步时跑到了前头，他一边不可置信地发出清脆而响亮的笑声，一边超过了他哥哥。塞奇威克放缓脚步，把胜利让给了他，因为偶尔让小弟弟赢一次也是件不错的事。

塞奇威克只顾着回忆，很迟才注意到冰面上怪异的苍绿色，然而这些光并非来自安东的提灯。有什么东西从下面照亮了它。他注视着靴子间的地面，感觉胃里纠成了一团。在遥远的下方，他能辨认出一些被冰层扭曲的模糊形体，它们正在移动。他记起霜鲸是由生物光来导航的，他还记起了甲烷海比任何地球海洋都要深。

每个人都扯紧了自己的保暖衣，收拢了手套。众人参差不齐地排成一排，塞奇威克发现自己接近末端，弗莱彻站在他旁边。

安东绕着每个人打转，作秀般检查他们的靴子。"抓地。"他说着，手指作爪状。

塞奇威克把手搭在布鲁姆肩上以保持平衡，先是展示一只鞋底，接着另一只。然后他本能地倾向弗莱彻，准备让他搭手，可他弟弟无视了这个动作，以完美的平衡感先后把腿翘到空中。塞奇威克又品尝到了熟悉的恨意。他死死盯着远处的指示塔，想象它是落着雨的灰色海滩上第一个码头系缆墩。

脚下幽灵般的绿光减弱了，他们重新回到了黑暗里。塞奇威克疑惑地看了一眼下巴有植入物的欧克斯欧。

"它们先看看冰层,"欧克斯欧含糊地说着,摩擦着自己的双手,"它们找冰层上薄的地方,然后,潜下去。为了增加冲力。然后,一个接一个地……"

"上来。"塞奇威克猜测道。

就在此时,光芒又出现了,上升的速度快得不可思议。塞奇威克深吸了一口气,做好了冲刺的准备。他在脑海中勾勒出一个画面:霜鲸飞速向上,这具血肉的引擎由其疯狂摆动的尾巴驱动,裹在一个巨大的气泡茧中,冲破冰冷的海水。冲撞撼动了冰层和塞奇威克的牙齿,他抛开了思绪中的一切,埋头狂奔。

只两下心跳的时间,塞奇威克就跑到了领先的位置,他像挂在吊索上一般飞越过冰面,身下的第二次冲击几乎撞飞了他的腿。他踉跄着,打着滑,又重新恢复了平衡,但就在这一刹那,佩特罗越过了他。然后是安东,然后是欧克斯欧和欧克斯欧,布鲁姆,最后是弗莱彻。

塞奇威克用脚狠狠抠着地面一点点加速。冰面已经没有任何可称为光滑的地方了,甲烷中到处都是裂痕、突起以及冰冻的涟漪。但其他人都像人体水银一样滑过冰面,为每一次踏足找到完美的落脚点。改装,改装,改装。这个词在塞奇威克的脑海里盘旋着,与此同时,他就像在大口吞咽着冰冷的玻璃。

绿光再次弥漫，他绷紧身体迎接霜鲸的第三次撞击。颠簸摇撼着他，但他守住了自己的脚步，也许甚至比欧克斯欧还超前了半步。前头，赛跑的名次已经很明显了：布鲁姆宽阔的肩膀，安东转过来的头，还有那里，越过瘦长的佩特罗跑到最前头的，是弗莱彻。绝望在塞奇威克的喉咙里灼烧地翻搅。

他抬起视线看着指示塔，意识到他们已经跑过了一半路程。弗莱彻现在一马当先，他没有笑，只是那利落的蹦跳仿佛在说"我可以永远跑下去"。然后弗莱彻回头看了一眼身后。塞奇威克不知道他在看什么，但就在这一瞬间，他踩到了一条沟，重重地摔在了冰面上。

塞奇威克看着其他人大步跑了过去，安东在经过时停了下来，半拖着弗莱彻直起身来。"蹦嘎，蹦嘎，异外特。"

第四次撞击，这一次伴随着让人战栗的开裂声。其他人都超过了弗莱彻，塞奇威克也只要再迈几步就能跑过去了。此时弗莱彻刚刚蹒跚着站直，而塞奇威克立刻知道他的脚崴了。他的改装眼睛睁得很大。

"塞奇。"

塞奇威克这一晚都在疯狂地希望某些事发生——他希

望医生从未把弗莱彻扯出培养器，他希望弗莱彻的舱室未能传输至新格陵兰——但这一切希望瞬间就粉碎了。就像他们儿时一样，他把弗莱彻甩到了背上，喘着粗气艰难前行。

第五次撞击。塞奇威克猛地咬紧了牙关，冰面上已是裂缝纵横。他只花了一瞬间平衡自己，然后再度踉跄向前。弗莱彻拼命地往他背上贴。远远的就在指示塔旁，其他人冲向了终点，正在十几米外号叫着咆哮着。只有这十几米。

当第六次撞击将世界分开时，他们似乎一下子全都转过了身，霜鲸冲破了冰层。塞奇威克觉得自己正夹在碎冰风暴里越空而行，他觉得自己在用尽力气尖叫，却听不到尖叫声，铺天盖地的撞击声与碎裂声淹没了一切声响。弗莱彻的某部分肢体在空中拍打着他。

着陆时，他就像被拍在了冰面上。他的视野像纸风车一样旋转，从无垠的黑色天空，到转动的冰块漩涡。然后，一个大到不真实的东西从冰冷的甲烷海中跃起，挟裹着霜雾与蒸汽的喷泉，那是霜鲸。它骨质的脑袋是铁灰色的，有公交车大小，甚至更大，上面散布着苍绿色的脓疱，像在辐射一般发亮。

冰面错落碎裂，有什么东西在坍塌。塞奇威克感觉到自己倾斜着往下滑动。他把视线从遮住天空的霜鲸身上扯开，扭头看到弗莱彻四肢摊开地趴在他旁边，是黄绿色火焰中的一个黑色剪影。他的嘴唇在动，但塞奇威克看不出他在说什么，然后戴着手套的手抓住了他们俩，把他们贴着破碎的冰面扯了过去。

欧克斯欧和欧克斯欧确认他们全都被扯过了指示塔，然后所有人从冰面上爬了起来。只有塞奇威克根本不去费那个力，他还在等自己的心脏重新开始跳动。

"有时六次。"安东蹲在他身边，怯生生地说。

"去死吧。"附近传来弗莱彻嘶哑的声音。在一个软弱的瞬间，塞奇威克憋回了一声颤抖的大笑。

他们在肾上腺素飙升的状态下一路冲回家去，新格陵兰人全程都在连珠炮般地交谈，他们似乎仍然在一遍遍回忆塞奇威克和弗莱彻只差一点就掉下海去的情形。到了住地，每个人都握手送别，之后一群人喋喋不休地散去。

塞奇威克无法从脸上抹去化学作用带来的笑容，他和弗莱彻潜进前厅，然后偷偷摸摸回到暂时共住的房间。他们一直翻来覆去轻声聊着霜鲸，它的大小，还有之后浮出水面的那些东西，聊着它们将冰冷的空气吸入血管满布的巨大囊袋的样子。

塞奇威克不想停止交谈,但最后他们还是停下来,爬上床。尽管如此,这一片静默已与先前不同了,变得更加柔和。

直到他躺平瞭望着生物混凝土天花板时,他才意识到弗莱彻在回程的路上换了一只脚跛着。他难以置信地猛地坐了起来。

"你假装的。"

"什么?"弗莱彻翻到了另一边,用长长的手指划着墙。

"你假装的,"塞奇威克重复道,"你的脚踝。"

弗莱彻放下了手,这漫长的沉默足以证明一切。

塞奇威克的脸烧了起来。他以为自己终于做了某件足够强大的事,足以让他在他们之间保持的不管什么该死的平衡等式里站到强势的一边了。然而事实却是弗莱彻在同情他。不,比那更糟。弗莱彻采取了一个行动,无论他那改装脑袋里飘过了什么计划,他操纵了他。

"我们可能都会死掉。"塞奇威克说。

弗莱彻还是背对着他,完美地耸了耸肩。所有那些熟悉的愤怒感汹涌燃过了塞奇威克的皮肤。

"你以为这是全息游戏吗?"他咆哮道,"这是真实的。你可能会把我们两个都搞死。你以为你什么都能做到,对不对？你以为你什么都能做到，事情会完美得如你的愿，因为你是改装的。"

弗莱彻的肩膀僵住了，"真棒。"他干巴巴地说。

"什么？"塞奇威克质问道，"什么真棒？"

"你这话说得真棒，"弗莱彻对着墙说，"你耻于有一个改装的弟弟，你想要一个和你一样的。"

塞奇威克支吾着，然后逼自己笑出来。"没错，也许是这样，"他的嗓子发疼，"你知道看着你是什么感觉吗？看着你永远比我强？"

"不是我的错。"

"他们告诉我你会更好时，我6岁，"塞奇威克说着，现在停下也来不及了，他把从前只会独自对着黑暗说的话全都倒了出来，"他们说的是不同，但真正的意思是更好。妈妈不能再要一个自由态，而为了离开行星，你总归要把它们都改装了。所以他们在试管里培育你，像做汉堡一样。你甚至不是真的。"呼吸似乎要劈裂他的喉咙。"他们有我为什么还不够，哈？为什么不够？"

"该死的。"弗莱彻说着，他的声音像沙砾一样。塞奇威克从未听他说过或真心说过这句话。

他扑回自己的床上，紧抓着悄然流逝的怒火，但它还是一点一滴地消失在了黑暗里。羞愧占了上风，像水泥一样杵在他胃里。时间在静默中一分一秒过去。塞奇威克想，弗莱彻可能早就睡着了，也可能根本不在乎。

然而他听到了一声啜泣，那是被胳膊或枕头闷住的声音，塞奇威克已经多年没听到他弟弟发出这样的声音了。它钻进了他的胸膛。他试图忽略它，试图放过它。也许弗莱彻脱掉保暖衣后发现了冻伤，也许弗莱彻在采取又一次行动——他总是一次接一次这样——也许他正在他们之间的黑暗中放下一个饵，并且削尖了舌头准备反击。

也许塞奇威克需要做的就是过去那边，把手放在弟弟身上，然后一切都会好了。他的心脏跳到了喉咙口。也许。塞奇威克把脸压在枕头冰冷的织物上，决定等着第二声啜泣。但什么也没有。静默更加沉厚，变成了黑色的坚冰。

塞奇威克闭紧了眼，他很痛，很痛。

里奇·拉尔森生于西非，曾于罗德岛求学，现居加拿大渥太华，自2011年至今已有100多篇小说发表在知名刊物上，并被多部年选收录。作品曾被斯特金奖、手推车奖等奖项提名，已有法语、意大利语等多种译本。

名师大语文

名师导读

在地球遥远的殖民地海王星的甲烷海中,少年们深夜出发,要来一场大胆而叛逆的观鲸之旅。从霜鲸浮起,到破冰而出,期间会有七次撞击。周围的人要想活着离开现场,就要在这七次撞击的时间内跑出很长一段距离,才能不被卷入其中,粉身碎骨。这很危险,尤其对于哥哥塞奇威克而言。作为唯一一个没有经过改造的少年,哥哥塞奇威克的倔强都体现在他的动作上。如"他像挂在吊索上一般飞越过冰面,身下的第二次冲击几乎撞飞了他的腿。他踉跄着,打着滑,又重新恢复了平衡""塞奇威克用脚狠狠抠着地面一点点加速"。而其他改装过的少年则相对轻松一些,他们"都像人体水银一样滑过冰面,为每一次踏足找到完美的落脚点"。

巨大苍茫又荒芜冰冻的甲烷海,还有那条庞大孤傲仿佛能撼动天地的孤独的霜鲸,和这些冲动热血又天真无畏的少年形成了鲜明的对比,画面感十足。此外,作者还把兄弟俩之间的矛盾作为情感主线,弟弟对哥哥的关照在哥哥看来都像是嘲笑,这样的情感该如何安放,也非常能够引起青少年的共鸣。

生化改造人

在医疗领域，有很多人体植入装置已投入实际应用，常见的例如助听器、心脏起搏器等。未来的发展可能会延伸到视觉增强、体力增强等项目也正在陆续成为现实。为生物体植入芯片也很常见，有些国家为宠物植入芯片属于强制措施。用于"人体机械化改造"的可以植入人体的芯片业已研发出来，这些芯片能够提供植入者的身体状况和医疗记录等。

用机械改造自然人，可以使之比"原版"更加优秀。这类人身体上有多种电子植入物或机器零件用于加强人体的各项性能。有科研团队提出，神经增强功能可以彻底改变士兵的战斗力。这项技术将促进人与机器之间、人与人之间的脑对脑信息交流，包括读写功能。士兵们能够利用思考来控制无人机，或是与其他人员通信。

未来生化改造人的能力将远远超过普通人，因此，必须有相应的法律与道德来制约他们，才能维持社会的安全和公平。而且，改造后的生化改造人的安全问题如何保障，以及这些改造技术对人体的深远影响如何还是个未知数。而随着改造率的不断提升，还会有其他的伦理问题出现。比如，改造率或替换率要定义在百分之多少的限度？究竟该如何定义改造后的人类和真正的人类？未来的改造人会不会实现全身机械化，最后只剩下一个没有被改造过的生物大脑？或者连大脑都会被多多少少地改造？

阿凡达计划

"俄罗斯2045计划"又称"阿凡达计划",该计划的宗旨是通过先进的科学技术延长人类的寿命,实现长生不老。俄罗斯科学家的研究计划分四个时期和步骤,从而分别研究打造出四个阶段的"阿凡达"化身。这四个阶段分别是,到2015年至2020年间,科学家将首先打造出一个可以通过人脑进行遥控的机器人,这个机器人将成为真人的阿凡达式"化身";到2020年至2025年,当某人去世后,科学家可以将他的大脑移植到"阿凡达"机器人身上,从而使他的生命可以在这个"生化机器人"身上继续"存活"下去;而到2025年至2035年,科学家将会研究发明出和真人大脑功能完全相似的"人造大脑","人造大脑"可以储存主人的所有性格和记忆,当主人去世后,拥有"人造大脑"的机器人"化身"将会继续延续主人的生命;而俄罗斯科学家们的最终研究目标,是在2045年左右打造出一个全息影像版的虚拟"阿凡达",跟《时间机器》中的虚拟人沃克斯一样,这个"虚拟人"是主人死后的"化身",虽然它具有人类的思维、意识和感情,但由于纯属没有肉体的全息影像,所以只要存储介质不被破坏,在理论上会成为一个"永生人"。

思维拓展

改装，改装，改装。这个词在塞奇威克的脑海里盘旋着，与此同时，他就像在大口吞咽着冰冷的玻璃。弟弟改造人的身份一直是哥哥心中隐隐的痛，因为他发现自己无论在哪个方面都无法超越弟弟，这样的情感也让他很压抑。于是，在冒险看霜鲸的晚上，当哥哥发现了弟弟故意示弱的行径后，反而更加愤怒了。他不想被他这样同情，也一直看不惯改造人这种以犯险为荣的态度。于是哥哥愤怒地咆哮出积蓄了多年的负面情绪。弟弟呜咽着哭了，哥哥明知道自己跟弟弟和解是最好的方式，却硬生生地静默了。他和弟弟之间的坚冰也更厚了。

有这么一句话——"未曾表达的爱就是不存在"。生活中，我们也经常遇到有口难辩，或者自己的好心不被理解的时候。面对这种情况，你是把所有的情绪都压抑在心底，还是能冷静理智地分析情况，然后客观地表达自己呢？好多话，说出口，或许当下不快，但如果愿意沟通，关系就能悄悄拉近。否则，在沉默与猜疑中，人与人就会疏远。

一跃万丈

〔美〕杰伊·沃克海瑟/著
何锐/译

肯特要成为第一个死在金星上的人了。在栏杆断开、滑进酸雾的那一刻,他就对此确信无疑。唯一的疑问是他会被烤熟还是压烂。

不久前,他正在检查浮空平台的走廊,寻找被酸雾破坏、需要修补的地方。他走了那么一小会儿的神,在脑子里回放早上跟那老头的争论。他靠在栏杆上,然后那里脱落了,他往后翻进了空中。

他发出一声惊恐的尖叫。平台在黄色的雾气中渐渐消失不见。在仿佛永无止境的一刻里,他悬在混沌的虚空中,感觉自己仿佛正在沉入浑浊的水中,和海中深潜差别不大。

"你去哪儿了,肯特?"玛丽娜的声音在他的耳机里响起,声音很小,随即升高了一个八度:"肯特?"

"我摔到外面了。"这句话说出口之后,一切骤然回归现实,"我在坠落!"恐慌淹没了理性思维。

"天哪!怎么搞的?"

恐惧将愤怒带到了他的咽喉,让他哽咽,止住了他的尖叫。

"肯特?"

"见鬼,我怎么知道。"他深深地吸了几口气,"我猜是因为腐蚀吧。栏杆上的柔性玻璃覆层肯定是有裂缝了。"

"它怎么会——"

"现在那还重要吗?"

"说得是。"玛丽娜停顿了一下,"我最好让司令官听电话。"

"别。"

"他得知道,肯特。"

他吐出一口气,面部罩板上起了雾。"好吧。"他眯起眼睛看向朦胧的雾中,努力想要看见点什么,什么都好。

风拖拽着他的胳膊和腿，但没有一丝能穿透他衣服上的柔性玻璃隔绝层。"就……就让我来告诉他吧。"

"随你。"

沉默降临，一股恐惧的战栗，沿着他的脊椎往下蔓延。在潜水的时候他周围有声音，用力呼吸的声音，吐出的气泡的声音，生命的声音。然而此时，他的衣服有效地将生命支撑系统的声音屏蔽掉了。哪怕是此刻以接近160千米的时速抽打着他的狂风发出的声音也没法穿透他的衣服。

"肯特？"

"玛丽娜？"

"给你转司令官。"

他抑制住自己的情绪："好的。"

"该死的，肯特，你最好是有要紧事。"听到这声音就足以让肯特发狂，让他想起了那么多年来挥之不去的恶毒言语，"我正在处理一个大麻烦，有一台无人机——"

"我正在坠落。"

"什么？"

"平台走廊的栏杆断了。我……我将会……"

"天杀的，肯特。你知不知道这对你母亲来说会有多要命？"

（但对我父亲来说无所谓）。

"我到头来还是个一事无成的家伙。"

"我不是这个意思。"他的耳机里传来一阵长长的、恼怒的叹息，"我看看能不能用无线电联系上她，在——呃——你懂的——之前。"

"你在搞笑吗？到地球的无线电传输时间是多久？三分钟？一来一回。加上飞控中心精确定位她的时间，你觉得我还有多少时间？"

"下面的大气层密度相当高。这里不是地球。"一阵久久的停顿，"给我一分钟。也许浮力……"线路中断了。

距地面80千米。他还有多少时间？快速计算让他的思维暂时避开那无可回避的命运。假设终端速度跟地球上一样是200千米每小时，转换成国际单位制，那他就有差不多15分钟。

但考虑较低的重力和浓密的大气……

在这个高度上，终端速度大概跟地球上的接近。但随着他接近金星表面，空气密度会相当迅速地增大。终端速度反比于空气密度的平方根，那么差不多就是地球上的八分之一。考虑到重力差别，还要再减掉一点。大约在16千米~24千米每小时之间。见鬼，按照这个速度，碰撞地面后他还能活下来!

但问题并不在于速度,不是吗?

90个标准大气压,热得足以熔化金属。随着每一次呼吸,他都已经能感受到胸口上的压力了。他不可能活着到达地面的。这是个耻辱。在历史书上他连荣誉都不会有,只会被记作许多个在途中就被烧掉的愚蠢废物中的第一人。

他想象着一连串的失败者跟着他垂直掉落,就跟旅鼠似的。他大笑起来。

"肯特?"玛丽娜的声音响起。

"我在。"他吃吃笑着,"我还能在哪儿呢?"

对肯特的关切让她的声调有些低沉:"你怎么这么兴奋?"

"只是试着推算了下我还能活多久。"

"哦。"

"往下的密度在变化,让计算变得复杂。我没法靠心算把距离—速度—时间给算清。嘿。我想那老头对我的评价是对的。"他又开始发笑了。

玛丽娜生气了:"好啦。我不觉得这有什么可乐的。"

他笑得很真心,很用力,每次大笑,他的胸部都因吸进被压缩了的空气而疼痛。他过了会儿才意识到她声音中的受伤情绪:"别担心。我没疯。这多半是氮醉。"

"氮醉是什么?"

"呼吸氮氧混合气体,潜水员潜得太深时会遇到的情况。我现在呼吸的就是这种气体,对不对?"

"氮气和氧气?是的。"

"我潜得有多深了?"

"别开玩笑了,肯特。这不是那些娱乐性的礁区潜水。"

他晃了晃脑袋,强迫自己集中精神。这不是他第一次跟氮醉[①]搏斗了。"没错。压力肯定在持续上升。5~6个标准大气压了。再有两个标准大气压,氧中毒[②]就会成为问题。"

"天哪!我们能做什么?"

"降低氧气的百分比,但只是个权宜之计。真的要潜很深时,我们会用氦氧混合气体。"

"氦气?我们要去哪儿弄这个?"

[①] 氮气随着压力增加,在血液中的溶解量增大。超过4个大气压的情况下(具体阈值因人而异),有可能会作用于神经系统,引发类似醉酒症状。

[②] 人体吸入高压、高浓氧气时体内氧气过剩导致的中毒现象。如果不能及时脱离高氧环境,会导致出现幻觉、昏迷直至呼吸停止、死亡。

"你有用剩下的宴会气球吗？"

"该死的，肯特。"

"我突然有了个灵感。你能不能让那个老头来接听？"

"当然可以。"

那边短暂地停顿了下，然后那个刺耳的声音再次响起："嗯？"

"你能分出一架电解无人机给我吗？"

"那没用，肯尼①。我算过了十几种方法了。无人机太轻了，推力远远不足以让你升起来。"

"我知道。我是想要气体。"

"为什么？你应该有足够的氧气——"

"该死的，爸，照办就是了。"他在心中踢了自己一脚。居然承认了他们之间的关系。肯定是那些氮气的作用。"我想要氢气。"

"派了一架下去了。几乎装满。"

"我的潜水经验有时候毕竟还是有用的。"他嘲笑自己，在这样的时候居然会沾沾自喜，"而你还跟我说那是在浪费生命。"

---

① 肯特的昵称。

"因为潜水你才会落到现在这个地步。"

"潜水？不，我亲爱的老爸啊，那是因为航天啊。必须够得上标准，不是吗？"

"你侥幸通过的唯一原因就是你的潜水经验。要不然你就会被刷掉了。"

肯特嗤之以鼻："那也不是第一次，不是吗？"

司令官发出一声长长的叹息，在肯特的耳朵里嘶嘶直响："要氢气干吗？"

"呼吸。"

"呼吸？"

"是啊。在深潜时，我们往混合气体里加入氦气，保持压力的同时防止氮醉。现在我没氦气，但这让我想起一件事。在潜入很深的地方时，人们有时候会用氢气的混合气体。"

"但那太容易着火了！"

"考虑到压力，混合物中的氧含量必须很低，因此这种危险很小。"当然了，他会在飞行中盯着混合比例的。然后还有氢醉的问题，跟氮气造成的醉酒般的眩晕相比，那更像是一场糟糕的药物幻觉。他完全没提到那些。

"处理那些接头所需的东西你都有吗？"

他的心怦怦乱跳，他下意识地摸了摸自己的腰带。他的手碰到了工具包，于是他放心地长出了一口气："我有。"

"很好。玛丽娜，你还在吗？"

"嗯，我在。"

"盯着雷达数据，告诉肯尼探针的大致抵达时间。我要去研究下温度问题。探针肯定有某种绝——"他说到一半，通话就切断了。

稍微停了一下之后，玛丽娜说道："探针要不了一会儿就会到了。还有，你正在接近云层底部。你很快就会看到一幅壮丽的景观。"

他本想回一句挖苦的话，但咽了回去。玛丽娜只是在试图分散他的注意力。他落到眼下的处境是他咎由自取。他说："我看到什么的话，会让你知道的。"

他觉得更热了，抑或仅仅是他的想象？司令官提到温度让他有些丧气。就算氢氧混合气管用，并且他能耐得住压力，烤炉般的气温也会要了他的命。毫无希望。

他的衣服是用多层柔性玻璃制成的，当中夹着电活性聚合物①。这种聚合物会在有电流时硬化，提供保护，增加

---

① 一种智能材料，在受到电刺激后能产生微小形变。

强度，同时也起着高效隔热层的作用。多高效？如果他到了玛丽娜刚才说的地方，环境温度肯定已经超过200摄氏度了。而司令官说他正在研究这个问题。更慢的终端速度，用氢氧混合气适应压力，隔热——他也许真能活下来？这念头让他倒抽一口气，沉重的空气流进体内，吃力而痛苦。

最好不要想这个，只把注意力集中在他能掌控的事情上。眼下那就是混合气体。至少，那该死的无人机一抵达就是。他朝硫酸雾气中窥视，现在雾气明显比之前淡了。在远处，有一点反光。他盯着它，直到能在黄色雾气中分辨出它的轮廓。它的外壳大部分是气凝胶状的，在雾中看起来有点暗淡，四个热塑性塑料旋翼反射出漫射的阳光。

"我看到无人机了，"他说，"它过来得有点慢。"

"你现在坠落的速度大约是48千米每小时，"玛丽娜说道，"空气密度太大了，我们很难让无人机继续以足够快的速度下降。你将不得不在它靠近的时候抓住它。你可能不会有第二次机会。"

"毫无压力，嗯？"他大笑起来，他的胸部因此感到疼痛。

他让自己的目光盯着移动的无人机，这在飘动的硫酸浓雾中并不是个轻松的事情。他把注意力集中在旋翼和它们周围旋动的雾气上。随着无人机的靠近，它显得越来越大，现在它差不多就在他正下方了。他朝着无人机落下，速度慢得令人焦急。

旋动的雾气撞上他的脸部位置，让他打了个筋斗。他挣扎着赶在无人机从身边越过之前恢复了自身的姿态。

"出什么问题了？"玛丽娜的语声中满是担心。

"我遇到了些相当糟糕的乱流。"

"我会把无人机的旋翼关掉。"

"但那不是会——"他自动打住了。不，无人机不会像石头一样掉下去。在高密度的空气中，麻烦在于要防止它向上升起。

空气不再拍打他，他让自己的脸朝向下方。他扫视周围，寻找无人机。它正朝他升上来，速度很快。

他做好了准备迎接碰撞。气凝胶①外壳撞上他，感觉就像是哪里丢来的一个枕头，把空气从他的肺中挤了出来，还让他的前额啪的一下撞到了面部罩板上。他用力喘息，顶着周围毁灭性的重压把肺部重新充满。

---

① 将常见的凝胶材料结构中的液体用气体取代得到的合成材料。具有超低密度、超高隔热性、高强度等优点。

他感到无人机从他身下滑开,差一点就为时已晚。他反射性地伸出双手,抓住了无人机两边。无人机几乎跟他一样长,还略宽点,于是他发现自己趴在它背面的姿态犹如展翅雄鹰。

"抓到了。"他声音中带着哮鸣,汗水刺痛了他的眼睛。是因为活动费力,还是他的柔性玻璃①隔热层最终不再能庇护他了?

"我在雷达上看到你了,"玛丽娜说,"你还在下落,但慢些了。24千米每小时左右。"

"我准备试着切开外壳——"他说话的时候,周围的雾散开了,将他留在了一片清朗的空气中。他的声音顿在了嗓子眼里。金星的表面在他身下展开,荒凉而崎岖。他正在坠落。

"出什么问题了?"

他盯着无人机的边缘外面,僵硬了好长时间。这看起来就像地球上某片多山、多石的荒漠,只是多了那毁灭性的重压和烤炉般的热度。

---

① 如果工艺和配比适当,玻璃厚度小于100微米甚至更小时会呈现柔性,可以卷曲。

"肯特?"

"我没事，"他费力地吸了几口气，"我刚刚穿过了云层底部。"

玛丽娜正要回话，司令官的声音却插了进来："观光到此结束。回到工作中来。"

肯特的脸红了："别对我来那套军训的鬼扯。我已经不再接受命令了。先生。"

"别跟我来这套，又不是我逼你参加海豹突击队训练的。"

"我只是想要潜水。"

"一名海豹突击队队员需要的不止于此。"

"你是这么跟我说的。这就是为什么我被刷掉了。"

"如果你当时听我的——"

"见鬼去吧。"

肯特被热、压力和怒火弄得气喘吁吁。他把手伸向自己的工具包。他谨慎地移动着，小心避免干扰到自己在无人机顶上岌岌可危的平衡。他的手指在他工具刀的刀柄周围合拢。刚刚的碰撞已经撞裂了外壳上的隔热膜，把气凝胶也撞凹了。他剥开几片隔热膜，把刀子插进无人机的表面。气凝胶意外的结实，简直跟橡胶似的。

"别切破内气凝胶层。"玛丽娜说道。

"我觉得这东西整个好像都是气凝胶的。"

"外壳是增强气凝胶,"她说道,"这样设计是为了保证强度。内气凝胶层更加脆弱,但隔热性能好得多,以防止气罐温度上升。司令官认为你也许可以用得上。如果你能——"

"知道了。"

"他正在尽力而为,肯特。他真的很在乎你。"

肯特嗤之以鼻。

"你真该上来看看他的样子,真是把整个站都翻得底朝天了。他或许不知道怎么表达,但……"

"是啊。"

他更小心地继续切割,将刀子插进海绵般的外壳,剥开外头一层。刀子撞到了某个坚硬的东西上,嗡地一响。他把手伸进开口里,摸了下周围。是个马达,多半就是驱动旋翼的那个。他把马达拖了出来,带着后面被气凝胶和抗酸柔性玻璃覆盖的导线。在电路网下面,他看到了储气罐。

无人机的用途是从云层中采集硫酸液,将酸液分离成水和硫氧化物,然后将水电解成氢气和氧气。那些储气罐占据了无人机一半的机身长度，外面有一层透明的灰蓝色物质包裹。隔着他的柔性玻璃手套，这玩意儿摸上去感觉就像是聚苯乙烯泡沫塑料，貌似坚硬，但只要他稍微使点劲，其实挺软的。

他把无人机的壳子又往外剥开些，试着清出作业空间来。出乎他预料，那裂口大大地张开了，无人机开始剧烈抖动。他趴在无人机表面上，差点连刀都掉了。下方的地面在缓缓旋转：肯定是空气动力学上的不稳定性让他开始水平旋转了。

恐惧让他的大脑一片空白。如果他跌下去——

可那有什么关系呢？他本来就在坠落。外壳和旋翼组件反正对他也没多少好处，而且它们挡住了他通往宝贵的呼吸气体和隔热层的路。特别是氢气，很快它就会成为必需品。他每次吸气都很吃力，而且在氮醉状态下，集中精神正变得越来越困难。

他在隔热层四周摸了摸，切断了所有把气凝胶跟外壳连接在一起的支撑。他的指关节擦到柔性玻璃手套上时被烫伤了。他用手沿着隔热层往前摸，直到他找到了从电解水槽伸出来的送气管。他关闭了阀门，然后凭感觉操作，直到把整个组件卸下来。它现在应该是自由的了，如果他拽一下……

什么也没发生。他呼吸艰难，头晕眼花。他强迫自己做了个深呼吸，再次用力一拖。组件浮了起来，一波振荡传播到整个外壳。他在外壳的剩余部分上站稳脚跟，紧紧抓住储气罐组，然后用尽全身的力气拖拽。灼热让他的手掌和脚底都被烫伤了。

他大叫起来，因为痛苦，也因为用力。他模模糊糊地听到耳中传来关切的话语。忽然，他脚下的外壳往上升起，无人机猛烈地抖动起来。他发现自己被狂暴的大风吹得翻滚起来。他再次使出九牛二虎之力拉扯，支离破碎的外壳翻滚着朝云层升去。

肯特抓住气凝胶包裹着的气罐组，稳住自己，不再旋转。他挣扎着吸了口气，勉强保持清醒。耳中传来的声音把他从黑暗中拉了回来。

"……不知道。他就是开始大叫了。"玛丽娜的声音里饱含关切。

肯特听到"噢，天哪！肯特！噢，老天哪！"这样的话语，那是司令官的声音吗？

"我……"他喘息着，"没事……"

"谢天谢地。"玛丽娜说，"发生什么事了？"

"干活。"他努力挤出沙哑的声音。

他在气凝胶上找到了开口,那里原本是进气管附着的地方。他尽可能小心地拉扯着洞口,试着把它扩大。气凝胶裂开了,崩下的碎片飞散。该死。他拿自己的刀子当作凿子,切开了一个足够大、能让他钻过去的口子。他把一只脚从隔热层和气罐之间挤了进去,然后是另一只。他又挤又推,将泡沫塑料般的气凝胶压缩,把自己拖进了这个隔热袋里。

他找到了氢气罐,动手把接头拆下来。他猛然一惊,想起来接头可能跟他的进气管尺寸不同。他的心怦怦乱跳,直到他发现管线正好完美匹配。他把接头封好,打开了阀门。温暖的气体咝咝涌入他的头盔,温暖,但并不烫。

他转动自己空气罐上的阀门,减小氮气和氧气的流量。在坠落过程中,他还得进一步缩减氧气量,在总压上升的时候让分压下降。到最后,他会把氧气含量降到不足两个百分点。

那怎么才算是最后呢?

高压把他的肺部压烂的时候?在控制试验中,呼吸氢氧混合气的潜水员能耐受超过70个标准大气压的压力。理论上,更高的压力下人也可能存活。理论上。

他被活活烧死的时候？但气凝胶也许——只是也许——会是个够好的隔热层。他能一路到达地面吗？活着到达？

他不知道自己陷入这些在脑中回旋的思绪有多久。渐渐地，氢氧混合气让他的大脑消除了氮醉状态。呼吸仍然艰难，但已不再是先前那样的痛苦挣扎了。

"玛丽娜？"他说。

"嗯？"

"我感觉好多了。"

"这是个好消息。"

"我已经坠落多久了？"

"大约45分钟了，"她说，"你还比地表高15千米。压力应该在300个标准大气压左右，温度超过300摄氏度。追踪你正越来越难，因为大气层上部的超速环流[①]正带着我们远离你。"

他没想到还有这个问题："该死。"

"司令官在研究一个把你从地表捞上来的计划。"

[①] 金星大气层上部环流。方向和金星自转方向相反，风速很快，在金星一天的时间内可环金星几周甚至几十周（在不同纬度和高度速度不同）。

"噢?"

"他想往你现在位置的正下方派辆漫游车;还在试图临时制造一架载人的飞行器,让它一路飞下去。"

"这有可能吗?"

"他会竭尽全力将其实现。"

他竟然可以有所期望吗?在呼吸气体和隔热的问题迫在眉睫的情况下,他一直没时间考虑别的。但现在危机已过,他有时间思考了。如果他还能再多活几分钟?这几乎是奢望了!

他真的能到达地面吗?

他的心脏在胸腔中怦怦乱跳,将希望送进他的血管流淌。他往下看着下面那片玄武岩的荒凉废土,头一次在这片荒原上看到了美。黑色的岩石平原上,平缓的群山起伏,十亿年来,除了风之外,从没有什么打扰过它们。然后——那山顶上是雪吗?

"玛丽娜?我是幻视了吗?"

"你觉得你看到什么了?"

"顶上积雪的群山。"

"啊。那其实是一层重金属硫化物。"

"所以说我把我的滑雪板留在家里没错?"

"哈——在这样的热带风情中滑雪?不如试试在硫化铅里冲浪?"

他刚要回答,却花了一小会儿才意识到发生了什么。他还在摆着展翅雄鹰的姿态下坠,唯有他一直放在气阀上,以备在必要时随时对混合气体做调整的左手例外。气凝胶袋包围着他,罐子一直在风中懒洋洋地摆动着,然后突然不动了。

起初他以为是气凝胶不知什么原因剥落了,一瞬间他满怀恐惧,准备迎接会将他焚烧殆尽的灼热。可是,不对,如果真是这种情况,那他应该已经死了。

他想伸手摸下隔热层,但发现他的胳膊被糊在了身旁,还可以慢慢挪动,但很吃力,就像是在糖浆里划动。

或者说是在泡沫塑料里。

"我想,金星正在把我用气凝胶给热封[①]包装起来。"他说。

玛丽娜的声音中一点戏谑的迹象都没有了:"你有危险吗?"

"我不觉得。这句话的意思是除了那个显而易见的危

---

① 对热塑性材料的袋子加热同时加压,使之粘连、密封的加工工艺。

险。"他扭动身体，测试自己的移动限度，"我猜，这意味着气压正在迅速上升。我最好把我的氧气供给再调低几个百分点。"

"通常气凝胶在高压下会散架而不是像这样流动，"玛丽娜说道，"你肯定是越过了它相变图上的一个温度-压力阈值点。我希望它不会失去隔热性。"

也许是因为谈到了气压吧，肯特注意到他的呼吸又开始吃力了。他已经到达了氢氧混合气的压力极限了吗？他咳了下，吐出一口湿乎乎的、要很用力才能排出来的空气。他肺部中的流体。

司令官的声音插了进来："你还好吗？"

"不好。"

"努力坚持。援救正——"

"这是你的错，"肯特说，"我到这个鬼地方是因为你。"

"我从没叫你来。"

他心中所有的愤怒、恐惧、悔恨和怨憎一并爆发了出来，猛然化作一阵刻薄的连珠炮："我从来都不够好。我那么努力地想要证明我自己，但对你来说从来都不够。"

"不是这样的——"

"别骗我了。至少现在别。我知道你有多瞧不起我。我要怎么能够得上英雄的标准？我这辈子都是为你活的，不是我。"

"我没有——"

"就连这救援也是为了你。又一枚你胸口上的勋章，又一件能拿捏我的事情。"他意识到自己正在大叫，尽管他发出的声音不比喘气声大多少。他的愤怒消退了，只留下绝望。他抽泣起来："从来都不够好。"

长长的沉默。最后，司令官低声说道："我只是想要给你最好的。"

肯特哭了很长时间，在脸罩后面，温热的泪水从他滚烫的脸颊上流下，他的抽泣时不时被潮乎乎的咳嗽打断。地面缓缓地，不可阻挡地迎着他升起。他任凭自己迷失在这片荒芜岩地的崎岖美景中。他右边，重金属"雪顶"下的群山在摇曳，或许是因为热量，或许是因为压力，或许二者兼而有之。沿着山脊线是五颜六色的旋涡，它们像活着似的在运动。

什么？

他把头往后仰起，看着硫酸云，里面出现了明显的彩带，红、蓝、绿。风本身也在旋转，形成彩色的图案。

噢,见鬼。氢醉①。他缓缓地把右手在眼前翻转,然后看到自己的动作一抽一抽的,毫不协调。那就是压力问题了。

他伸手去擦脸上黏糊糊的泪水,惊讶自己的胳膊感觉有多么迟钝。就好像他正在黏稠的糖浆中划动,噢,对了,气凝胶。无论如何,脸部罩板还在那里挡着呢。心智功能受损。

一个巨人正在挤压他的胸膛,他的心脏每次搏动都是一场战斗,他的肺部每次呼吸都会疼痛。一阵咳嗽让他全身痛苦不堪,然后他又喘息着让肺重新充满气体。红色的唾液星星点点地溅在他的面部罩板上。

肺叶遭到破坏的肉眼可见的证据,将那个念头推进他眩晕的大脑中:回不去了,即便人们来救他,也没有能安全减压的办法。意识到这点他突然平静下来,仿佛那重压忽然消失了。或许是因为氢醉吧。

"爸爸?"

---

① 除了氦气和氖气(后者还有不确定性),其他的非活性气体也会造成类似氮醉的现象,但具体阈值、表现和程度不同。在气压约30个标准大气压以上时,氢气会引起氢醉现象,比起氮醉会造成更多幻觉。

"嗯？"

"我不是有意要那么说的。"

"没事。"

他的喉咙收紧了。怕说出来就会马上成真："我活不成了。"

"别放弃。我已经有志愿者准备好努力——"

"别……已经太迟了。"

一阵长长的停顿。"对不起——"他哽咽着说，"我很抱歉。"

"不是你的错。你已经尽力了。"

"不。我是说，为所有那一切。我不是最好的父亲，我知道。我一直对你那么严厉，那么苛刻。"

"你没那么糟。另外，我尽了一切可能来激怒你。"

"就像我年轻时一样。有其父必有其子。"

"什么？你跟爷爷？"

"哦，你不会相信的。"他的笑声嘶哑，"有那么一回，我当时肯定还不到18岁，你爷爷对我说我不能——啊，该死的，我真该在还有时间的时候，把这些故事告诉你。"

"没事。只要能听到过去发生的故事，我就满意了。"

他咽下泪水，挣扎着把沉重的空气吸入自己受损的肺部，于是又把更多的血咳到了面部罩板上。

"你还好吗？"

"我爱你，爸爸。"

"我也爱你，儿子。我会……"

他的耳机里没了声音，只有静电的嘶嘶声和玛丽娜的抽泣，这次沉默持续的时间最长。

"我想要到达地面，"肯特最后开口了，"我非常想让你以我为傲。"

"你已经做到了。"

他的视野模糊了，他几乎要在旋转的色彩中迷失自我了。"给我讲个你的故事吧。"他说。

"好。"他父亲说话的声音低沉沙哑，"有那么一次，我跟一些朋友溜出去开派对。记得阿尔叔叔吗？"

"那个大块头？"

"是的，就是他。嗯，结果我丢掉了我的手机，也忘掉了时间。阿尔也没检查时间。你知道你的祖母有多着急——"

肯特笑了："她跟妈妈很像。"

"大概吧。总之，她没办法找到我，以为我开车出了车祸或者遇到其他事了。她让那老男人给所有的医院打电话，甚至给停尸间打。嘿，他可是被气坏了。"

肯特大笑："我没法想象出爷爷被激怒的样子。"

"噢，你觉得我脾气坏？你真该有他那么个父亲试试看……"

"我正接近地面。看起来我快要成功了。"

"我为你骄傲，儿子。"

"谢谢你没打电话给妈妈。"

"你是对的。如果她是事后才听到消息，那会好受些。"

"告诉她我爱她。"

"我会的。"

"马上要触地了。"

在这么近的距离上，地面升起的速度快得吓人。他弓起自己的膝头，尽力做好准备。碰撞让一阵疼痛沿着他的腿和脊椎往上冲去，但他成功地站住了。灼热迅速拥抱着他的脚底。

他朝外面看去，一片荒芜的景象，一幅没人曾目睹的景观。然后他说出了来到金星表面的第一句话："为你，爸爸。"

杰伊·沃克海瑟为高中学生教授化学和物理，经常从课堂讨论中获得故事灵感。他的故事常涉及异星、生物、化学、物理学以及它们对人们产生的影响。他的许多故事都刊登在《类似体》上，其他一些则发表于《奇异地平线》《每日科幻》。

名师大语文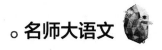

名师导读

　　文章表面写一位名叫肯特的宇航员在探索金星时遭遇意外,在生死之际,肯特在队友和地面指挥中心的帮助下,历经磨难终于在金星着陆。但实际上通过三人的对话逐渐揭开了另外一条线索——父子情。一连串的对话和人物心理活动则牵扯出了肯特和父亲之间的误解,伴随生死的冲击,误解也逐步解开。

　　和很多意气风发的叛逆少年一样,肯特为了向父亲证明自己,他学习潜水,报考宇航中心,主动探索金星,这么多的努力仿佛都是为了向父亲证明"我能行",包括这次遇险。面对父亲的救援,他觉得父亲对自己的帮助无非是为了证明个人能力罢了。然而,在父子的对话中,在生命的弥留之际,父亲才卸下钢铁的司令官外壳,像一个父亲一样告诉儿子,自己年轻时也是如此。父子逐渐和解。

金星

在太阳系中，金星是离太阳第二近的行星。在夜晚，金星是除月亮之外在天空中的最明亮的星星。金星毗邻地球，两者最近时约为0.38亿千米。它的直径比地球小5%，质量为地球的82%，密度为水的5.2倍。金星有一个半径约3500千米的铁镍内核，中间为幔，外面为壳。从这些数据来看，金星是一颗与地球相似的类地行星，所以有"地球的姊妹星"的美称。

但事实上，金星在许多方面与地球迥然不同，例如它的自转是逆向的，即由东向西，周期约243天。金星距离太阳比地球离太阳近约1/3，它得到的太阳光照比地球得到的要多上一倍。金星的反照率在所有的行星中名列第一，其反照率约为0.76，而地球的反照率约为0.39，月球约为0.12。这都是因为金星有非常浓密的大气层，它的大气层浓度是太阳系中四颗类地行星中最高的，其中主要是二氧化碳。金星的表面则被一层高反射、不透明的硫酸云覆盖着，阻挡了来自太空的可见光。它还是太阳系中最热的行星，表面的平均温度高达480摄氏度，比最靠近太阳的水星还要热。

人类对太阳系行星的空间探测首先是从金星开始的，苏联和美国从20世纪60年代起，就对揭开金星的秘密倾注了极大的热情，并开展了激烈的探测竞争。迄今为止，发往金星的各种探测器已有50个左右，人们因此获得了大量的有关金星的科学资料。

思维拓展

  这篇小说最有特色的一点就是人物对话,直接把读者代入其中,仿佛在看一幕舞台剧。环境的描写以及人物的动作更多的是为了渲染,而真正主宰读者情感的是人物的语言。从肯特遇险、玛丽娜向地面指挥中心报告寻求救援开始,故事的两条线开始并行,一条线是玛丽娜和肯特的对话,揭示的是肯特遇险后展开自救的过程;另一条线是肯特和父亲的对话,揭示的是一对误会重重的父子重新和解的过程。第一条线推动情节的发展,第二条线推动主题的升华。两条线亦步亦趋,既增强了故事的矛盾感、紧张感,又让原本冰冷的科技充满了人性的柔情,更容易打动人心。

  中国人常讲"人之将死,其言也善",这话听起来其实满满都是遗憾。人,为什么非要在生命所剩无几的时候才把最柔软的一面展示给亲人呢?如果早一些沟通,或许误解就能及时揭开。当然,这个故事最终也让我们感受到亲情的力量。

  阅读这个故事,相信你一定会被科幻外壳所包裹的父子亲情所感动,我们都会在年少时意气风发,也会因年少而冲动不已。很多的误会都是因为缺乏沟通,很多的憎恨都是因为没有表达。所以,读完这个故事,如果你心中有什么想要表达却没有及时送出的情感,不妨抓紧时间告诉他/她吧。

有客自南方来

韩松 / 著

　　暴风雪在野地里吼叫，室内却温暖如春。求陨坐在客厅沙发上阅读一本小说。他的妻子在里屋侍候女儿上床睡觉。

　　这时候，求陨听见了轻轻的敲门声。

　　在这样的夜里，会有谁造访呢？求陨犹豫了一下，还是打开了房门。他看见了一张年轻人的脸。他不认识这人。

　　"你找谁？"

　　"对不起，我的车抛锚了。在雪地里走了半天，好不容易才看见有灯光。"

求陨迟疑着。但他看见年轻人露出那样一种期盼的表情，便不忍拒之于门外。在50千米内没有第二家人。在这么寒冷的天气里行走，他会冻死的。

"那就请进吧，进来避避雪。"

屋里的灯光一下罩住了年轻人。求陨惊讶地看见，小伙子只穿了一件衬衣。那衣服式样十分别致。他猜他车里一定有暖气。可是他说他已步行好半天了，也够他受的。

"你一定冻坏了。"求陨说，"孩子他妈，来客人了。把我的毛衣拿一件出来吧。"

女主人拿来了毛衣，端来了茶水和果点。室内愈发春意盎然。年轻人显得很不安，大约是为自己的贸然造访。他死活不愿穿求陨的毛衣。

"我不冷。"他像见了怪物似的推挡着说。

"何必这么客气，就把这儿当你家吧。"

"我真的不冷。"客人十分执拗。

求陨略微有点不高兴，但他没有表露出来。他仍然热情地说："那就喝点茶，吃点点心，暖暖身子吧。"

"对不起，我肠胃有些不好。"

客人生硬地拒绝。求陨不语了。

看见气氛有些僵，求陨的妻子说："你就让客人自便吧。"

"那你就自便吧。待一会儿，等雪停了再走。"

雪更加大起来，似乎还夹杂着冰雹，打在屋檐上哗哗直响。这是一年里少有的坏天气。求陨掉头往窗外看去。大地白茫茫。他没有看见来客的脚印，大概都让雪给掩埋了。求陨也没有见着另外的人。他想，如果他是坏人，也就这么一个人，还能够对付吧？

"这雪，真厉害。"求陨找话说。

"是呀，我第一次见呢。"

"你是南方人吗？"

"啊，对对。南方。我从南方来。"

"是矶市吧？"

"矶市？"

"是呀。我一猜就是。从南方来，一定是矶市。那么是要到蜃城去吧？"

"我将到下一座城市去。"

"那是蜃城。路还很远。你怎么想到自己开车呢？"

"我只是想沿途看看雪景。雪太迷人了。我没想到它下得过火了。"

"现在像你这样喜欢历险的年轻人已经不多了。听说火星人还爱进行这样的旅行。"

"您刚才说什么了？"

求陨脸色顿时变了。他慌忙说："对不起，我说走嘴了。我心里其实想的是……"他不知道怎么掩饰这个要命的错误。

他的妻子也急了："您千万就当他说走了嘴。千万不要向强制局报告啊。"

客人似乎对他们说的这些不感兴趣。他死死盯着求陨的脸问道："您知道火星？"

他这是什么意思呢？求陨恐惧地想。他会不会是强制局的人扮的？听说以前就有过强制局的人在夜间私访。

"如果他真是强制局的，或者他想告密，那我就只好不客气了。"求陨把手伸进口袋。那里有一把拴在钥匙串上的水果刀。

"您还没回答我。"客人说。

"我的确是说漏嘴了。要不，就是您听错了。咱们是不是换一个话题？"

客人撇撇嘴，露出很遗憾的表情。也许他觉得应该礼貌一些吧，他应求陨的请求没有再追问下去。但他似乎对有关火星的话题仍很感兴趣。

求陨对妻子说："你回里屋去照看好小姬。"

女儿在里面睡觉。求陨这时不想让她出来被客人见到。

妻子担心地看了求陨一眼，到里屋去了。

又一颗大冰雹砸在房顶上。客人和主人都吓了一跳，不约而同朝窗外看去。雪正在失去刚才的猛劲。但冰雹仍然不断坠落。过了一会儿，雪花又格外地大起来，犹如枫叶一样。密密匝匝，略无遗漏。

"诗人们又该写出隽永的篇章了。"为了缓和气氛，求陨找话说。尽管诗人是很少歌咏冰雹的。

"诗？"客人大惑不解。

"是啊。我虽然不是诗人，可是在这难得的雪夜里，也忍不住诗兴大发呢。就在你到来前，也吟哦了一首。"

"能否聆听大作呢？"

当着这位身份不明的来客的面，朗诵自己的诗作，求陨感到不恰当。但他又觉得不朗诵也不好。

"那就献丑了。"

他想了想，便念道：

群星飘降，

河汉化雪。

远峰隐匿，

邻室相隔。

没料到，年轻人却听得专心，并大声叫好。

"最后一句，尤为传神。"诗歌似乎触动了他的什么心事。求陨觉得他的表情真挚。也许他真的很少读诗。

"哪里，写得很差呀。"他一时忘了紧张，心中有些得意。

"你们是怎么保存诗歌的？或者说，怎么保存这样的传统文化的？"

这样的问话引起了求陨的警惕。他又在套我的话了。这与火星有关。据说现在唯有火星人那里没有诗歌。如果我要说怎么保存的，就很容易又把火星带出来。他真是狡猾。

"政府教导我们要保存诗歌和传统文化。"他敷衍了一句。确切来讲，是强制局的命令。客人明知故问，一定有不可告人的目的。

他站起身，把空调开小了一点。客人身着薄衣，仍是毫无寒意。面前的茶点真的一点没动。求陨忽然有了一个奇怪的想法：年轻人留在雪地里的脚印，是不是消失得快了一点？

二人都无话可说。

这时，妻子领着女儿来到了客厅。求陨皱了皱眉头。

"小姬睡不着。听说来了客人，一定要出来见见。我拦也拦不住。哎呀，你们怎么干坐着？求陨也不招呼客人吃东西。小姬，叫叔叔。"

求陨的女儿甜甜地叫了一声"叔叔"。求陨家住得偏僻，很少来客人，所以小姑娘很兴奋。

求陨无奈。他对年轻人说："孩子不懂事。"

"她挺可爱的。"

小姬大方地上前来，说："妈妈说您驾车来的？您走了很远的路，是吗？您都看见什么东西了呢？"

年轻人笑道："这么大的雪，什么也看不见。"

"可是，难道没有动物在雪野里出没吗？"

求陨注意到客人似乎面有难色，但是很快就掩饰了。他心里一动。

"啊，说到动物，倒是有的。我正驾着车，忽然看见一个大怪物，披着一身雪花，朝我扑来。我仔细一看，原来是一只老虎……"

求陨、妻子和小姬都哈哈大笑起来。

年轻人怔住了。这回是他有些慌张。

求陨想，看来，他真是第一次在雪地里旅行。

妻子想，这年轻人真幽默。

小姬想,叔叔开这个玩笑,是以为我没有这方面的知识哩。

于是她说:"叔叔,您错啦。我们老师讲过,老虎早就灭绝了。它怎么会扑到您车上来呢?您开车喝了酒吧?"

求陨喝道:"叔叔跟你讲笑话呢。"

年轻人却满脸通红,颇有些窘迫。

求陨不觉怀疑,他是在开玩笑吗?他忽然害怕女儿忽然说出什么不得体的话,忙岔开话题:

"我女儿今年上小学五年级,老虎什么的,真是课堂上讲的。现在的学校,实行了新规定,就是禁止幽默和玩笑。这孩子讲话,有时没大没小,您可不要往心里去。"

妻子也赔笑道:"是呀。"

这时,小姬已扑到爸爸的怀里,在那里撒娇。

客人说:"哪里哪里。我还要向小姑娘学习呢。告诉叔叔,你们都有什么课程呢?"

求陨正要代女儿回答,小姬却来劲了:"可多了。有诗歌、绘画、文字、历史。"

"没有物理和数学吗?"

"绝对没有!"求陨抢着帮女儿答道。

"可是我们有地理和天文。"小姬骄傲地嚷道。

"还有天文吗？那我可考考你，太阳系你知道吗？"客人说。

"那怎么会不知道。太阳系是我们人类生活的星系。我们地球是太阳系的一颗行星。"

"那么，太阳系有几颗行星呢？"

求陨的心提到了嗓子眼。妻子却用眼神鼓励女儿回答。她对女儿很有信心。小姬的回答一定能打消客人对我们家的怀疑，她想。

"有八颗呢。"女儿说。

"八颗……"客人喃喃自语。

求陨在一边赞许地点点头。

"是八颗。老师是这么说的，课本也是这么写的。"

"小姬说的没错。小姬，你还是给叔叔谈谈文字课讲些什么吧。"求陨说。

客人却似不愿离开刚才的话题。

"那么，是哪八颗呢？"他紧追着问。

"从内往外数，是水星、金星、地球、木星、土星、天王星、海王星和冥王星。"小姬掰着手指头，琅琅地讲。

求陨松了一口气。

但他却发现客人的目光转向自己。他心乱起来。

"我好像记得刚才你还提到一颗火星吧？"年轻人仿佛漫不经心地说。

求陨僵住了。他的手又在口袋里摸索。妻子变了脸色。屋里的空气紧张起来。四个人一时都不说话了。但小姬忽然冒出一句："叔叔，火星是什么？"

"你把她带到里屋去！"求陨大吼起来。妻子害怕地拉着小姬，往里屋走。小姬挣扎。客人手足无措地站起来。

待母女俩走后，求陨把卧室的门砰的一声关上了。

两个男人又面对面坐下来，陷入令人焦灼的沉默。

雪还在无声地下着，出现了减弱的迹象。雹子似乎停了。年轻人没有要走的意思。

"您不该当着孩子的面说那样的话，"求陨阴郁地看着客人，"有什么责任，我们大人可以承担。"

"难道您也真相信只有八颗行星？"

"是的，我打心底相信。我刚才确实是说走了嘴。我有呓语的毛病。还有医生证明呢。尽管如此，我也愿意接受任何处罚。"

客人叹了一口气。

求陨不安地等待着。

年轻人说："我也何尝不知道有八颗行星。这我本不用问您女儿。只是我想证明，对火星人来说，不存在的是地球罢。"

求陨这一惊非同小可。他心里飞快闪过一个念头。

"您到底从什么地方来？"他喝问道。

"南方。"客人微笑。

是了，那儿从不下雪。我怎么没想到。求陨想。

"我明白了。您来这里做什么？"

"我其实是回家呀。"

求陨记起火星人曾是从地球移民出去的。要说回家，地球倒真是他们的老家。但是，是什么时候地球人和火星人不再来往了呢？他的记忆一片空白。强制局对每一个人都进行了洗脑。

"您难道不害怕？地球人会杀了您的。"

"根本不会有人发现我。这里没有人认为火星存在。"

"您如果遇到强制局的人，就不会这么想了。"

"他们人数太少，不足以道。"火星来的年轻人轻蔑地说，"再说，我们那里发展了物理和数学。"

"物理和数学？"

"两种强大的武器。"

"我不太知道这个……你们有多少人来地球了？"

"很多。各个城市都有我们的人在活动。"

"你们来这里的目的,是为了回去后好修改天文学吗?"

火星人也许觉得这个问题很好笑,也许觉得自己也难以回答,便不作声了。但他来地球的确是有目的的。

求陨心想,要是强制局的人现在撞进来,就糟了。

他站起身,把门打开一条缝。他说:"雪好像小些了。"

火星人明白了他的意思,站起身来。

"今晚实在不好意思,打搅你们了。我学到了不少东西。起码知道老虎已经在地球上消失了——我们那里还在讲它是地球上最凶狠的动物。"

没有等求陨开门,火星人的身体已经从门板上穿过,仿佛物质的障碍只是虚设。求陨吃惊地想,强制局的人可没有这个本领。他急忙把门打开。雪的确小多了。映入眼帘的是夜空下白得刺目的雪原。火星人已不知去向,地面上没有留下任何痕迹。

求陨走下台阶,久久张望。

不知过了多久,他感到肩上被人披上了一件外衣。身后传来妻子的声音:"客人走远了。回来吧,小心着凉。"

他默默回到屋里。

"他到底是什么人?他还会再来吗?"妻子担心地问,

"以后，不要随便开门让陌生人进来了。"

"小姬刚才生疑了。"

"什么？"

"这是一个我们将要面对的新问题。"求陨说完，搂着惊疑不定的妻子回到卧室。小姬已经睡熟了。求陨在她的小脸蛋上亲吻了一下。

今夜，她也许要梦见一颗火红的星球了，求陨心情复杂地想。

韩松，科幻作家，多次获中国科幻银河奖、华语星云奖、京东文学奖。代表作品有《地铁》《医院》《红色海洋》《火星照耀美国》《宇宙墓碑》《再生砖》等。作品被译为英语、意大利语、日语等多种语言。

名师大语文

名师导读

  遥远未来的一个虚拟时空,外面暴雪飞扬,室内温暖如春,主人公求陨坐在沙发上阅读着小说,妻女在室内准备睡觉。在这温馨的画面中,一位火星来的不速之客打破了宁静。在陌生人与女儿小姬的对话中,我们逐渐知道,物理和数学已经从孩子们的课程体系中消失,而地理和天文也不过是"强制局"编写来让孩子们按照他们的需求进行学习罢了。

  此刻的地球,早已抹去了对火星的记忆,如一座苍老的孤岛一般。

  火星成为地球人不能提及的往事。求陨客气地送走了这位火星来客,出于安全着想,他希望以后再也不会发生今天这样的事情,可又在默默希望女儿梦中出现一颗火红的星球。

火星

　　火星上的矿石和山脉经历了深度氧化，它的表面有大量的赤铁矿，所以看起来是红色的。火星拥有太阳系中最高的山峰——奥林波斯火山，高度几乎是地球最高峰珠穆朗玛峰的三倍，以及太阳系中最深的峡谷——靠近其赤道的水手谷，最深处有十千米。

　　与水星、金星、地球一样，火星是太阳系中四个岩石行星之一。火星比地球离太阳远一些，它的气候条件要比地球严酷很多。在夏季和赤道上的白天，火星的最高温度可以达到28摄氏度，但在冬季及其两极的最低温可以达到零下132摄氏度。而且，由于火星稀薄的大气无法维持热量，因此火星上的白天和夜间的温差很大。

　　火星现在的地质地貌和地球截然不同，但科学家们通过火星探测器在火星表面观测到了大量河流、湖泊和海洋留下的地质痕迹。这说明曾经的火星和地球一样，有大量的地表水和温湿的气候。但现在的火星气候寒冷干燥，失去了所有的地表液态水，只有两极极盖区存在水冰和干冰。此外人们还在火星上发现了甲烷和其他有机化合物的残余。人们认为火星拥有生命诞生所必须有的所有基本元素。

　　火星上曾经有生命存在吗？

　　2000年左右，美国在南极洲发现一块火星陨石。科学家声称在这块陨石上发现了一些类似微体化石的结构，有人认为这可能是生命存在的证据，但有人认为这只是自然生成的矿物晶体。"维京号"

探测器曾检测到火星土壤中可能存在微生物，实验结果为阳性，但随即被许多科学家否定。现存的生物活动也是火星大气中存在微量甲烷的解释之一，但通常人们更认同其他与生命无关的可能解释。

将来人类若对外星殖民，由于火星的距离和类地条件，火星很可能是首选目的地。

思维拓展

"群星飘降，河汉化雪。远峰隐匿，邻室相隔。"主人公求陨随口创作的一首意味深长的小诗点明了文章的主旨。

文章读来仿佛作者就在对面娓娓道来，然而读完才能感受到作者在讲述中暗藏的伏笔，从而更加耐人回味。比如，面对雪夜的不速之客，求陨刚开始的态度是迟疑，而这种迟疑的深层原因则是后文中提到的强制局的试探，至于强制局是什么样的来头，作者并没有多讲，但通过求陨夫妻二人的反应以及"强制局"这个名字，就已经让读者能够理解求陨内心的恐惧。再如，年轻人说自己"只是想沿途看看雪景。雪太迷人了。我没想到它下得过火了"。求陨则无意中说出"现在像你这样喜欢历险的年轻人已经不多了。听说火星人还爱进行这样的旅行"。这样的话瞬间暴露了求陨对火星的了解，无意中失言的求陨顿时脸色变了，对他而言这是个要命的错误。通过后文我们才了解到对于此刻的地球而言，"火星"二字已经成为历史，更成为禁忌。而这个略显激动的年轻人，恰好来自火星。

　　据年轻人说，物理和数学在火星上仍然发展着，地球上各个城市都有火星人在活动，在火星人的教材中，老虎是地球上最凶残的动物……由此可见，火星人从未放弃对地球的探索，而地球却主动自闭了。我们都知道清朝"闭关锁国"的结果，相信此刻的求陨内心也十分茫然吧。

　　除了这些环环相扣的伏笔之外，文章的环境描写也很好地烘托了人物的内心活动，为文章增色不少。如"又一颗大冰雹砸在房顶上。客人和主人都吓了一跳，不约而同朝窗外看去。雪正在失去刚才的猛劲。但冰雹仍然不断坠落。过了一会儿，雪花又格外地大起来，犹如枫叶一样。密密匝匝，略无遗漏。"一整段的环境描写，巧妙地完成了对话的转换，也完成了人物内心情绪的转换。

　　火星为什么从地球人的记忆中被抹去了？到底这一切是怎么发生的？作者并没有告诉我们。文章的立意非常深刻，读起来不能囫囵吞枣。时时回头看看，就会发现作者的巧妙用心，比如不速之客到来时求陨发现屋外并没有留下脚印，再如对于这位年轻人着装的描写等，在文中都能找到前后呼应的地方。前因后果同学们可以大胆地展开想象与探索，相信乘着想象的翅膀，你也能穿越时空，去与更广阔的未来对话。

圆周率

赵佳铭 / 著

一觉醒来,黄成萧就发现这个世界肯定有哪里出了问题。

这并不是因为他身上有些地方有奇怪的感觉——比如他总觉得眼睛不太舒服。对于长期用眼过度的黄成萧,这不是什么值得疑惑的事。但是就在昨晚,一定有什么特殊的事情发生了。

比如,他刚睡醒时,习惯性地抓起床边的闹钟,想看看现在几点。但是他没有成功看到时间,闹钟透明的塑料表面变成了银白色。

还没来得及仔细思考这件奇怪的事情，他又发现他床头柜上本来是透明的塑料水杯现在也是白色的。

并不是所有的透明物品都变白了。比如房间中的玻璃窗依然透亮。明媚的阳光透过玻璃直射到床边，照在莫名变白的闹钟和水杯上。散射的光线有些刺眼，让黄成萧产生了一种很不真实的感觉。

黄成萧困惑地皱起眉头，拿起那个已经看不到时间的闹钟，用手指仔细地擦了擦表面，然而这没有起到任何作用。对水杯的擦拭也是无用之功。黄成萧放下手里白色的水杯，摇了摇头，还是按照每天固定的程序从床上爬起来，去卫生间开始洗漱。

客厅和卫生间看起来倒是很正常。用毛巾擦过脸之后，黄成萧已经基本把一大早的怪事放在脑后了。

毕竟，在这个忙碌的年代，每个人从出生开始就有无数的事情要做。

黄成萧是一名教师，教小学数学。他对自己的职业实在说不上很满意，这并不难理解——黄成萧是理论物理学博士，博士期间的研究方向是弯曲时空中的量子场论，这可以说是人类发展到目前为止最为接近世界本源的内容了。这样的一个人，做一名小学老师确实是大材小用的。但是在这个文凭大爆炸的时代，除了科研岗位之外，一个研究如此基础的学科的博士实在是不太好找工作。而科研岗位又面临着两大难题——钱少，人多。并不富裕的家庭、激烈的竞争、微薄的薪水和日渐高涨的物价，让满腔热情的黄成萧不得不对现实妥协。好在中国的教育行业正处在蓬勃发展的阶段，一所小学愿意给黄成萧提供一个待遇相当优厚的职位。

学校很重视黄成萧，在丰厚的薪水之外，学校在他入职时还花了很大的力气做宣传，甚至联系区教育局，把他树立为投身中国基础教育事业的榜样。然而黄成萧自己心里清楚，他来这里工作真的只是因为他现在的薪水是他能在大学找到的工作的好几倍。而学校的重视，其实更大程度上是因为他们需要黄成萧作为吸引生源的招牌而已。

虽然对工作没什么热情，但是黄成萧还是一个有责任心的人，也算得上是兢兢业业。洗漱过后，黄成萧就直接走到书房的办公桌前，从一个半新不旧的皮包里拿出一大沓皱皱巴巴的卷子，准备开始批阅。

批卷子这件事情总会让一向性格淡然的黄成萧大动肝火。尤其对于几个总是特别马虎的孩子，他们每次都会因为不注意审题或者计算错误而被扣分。当黄成萧还是学生的时候，他偶尔也会因为马虎而领教到老师的批评。当时他很不解：明明有些同学完全不会做题，为什么老师偏偏揪着他这种不重要的小马虎不放呢？直到真的做了老师，黄成萧才体会到那种为了学生设身处地着想的惋惜和遗憾。小测验和作业倒是没有关系，但是一想到有的学生会在那些重要的考试中因为马虎而丢分，黄成萧就觉得心里堵得慌。对于那些家境贫寒、人生中没有太多试错机会的学生，一场重要的考试很可能影响他们的一生，然而有的孩子却仍然会把分数丢在粗心大意上。因此黄成萧一次又一次督促学生：要认真，要认真。

仅仅靠自己督促学生是没有用的。这一点从他正在批阅的卷子中就能看出。尽管黄成萧在考试之前一再强调大家要读完题目再答题，还是有好多学生无视最后一道"计算阴影部分面积"的题目后面的括号中的一行字：本题中圆周率取3.14。

在又一张卷子上画下一个大大的叉后，黄成萧终于忍不住了。他拿起手机，打开微信上的"四年级奥赛班家长群"，打算提醒家长们再和孩子强调一下这个问题。

"各位家长大家好，我刚刚批完了上周五单元测验的卷子，发现有很多同学没有注意读题。最后一道计算题的题干中已经明确给出'圆周率取3.14'，而不是我们在三年级时为了简化计算而取的3。请各位家长和孩子们强调一下审题的重要性，此外还要和孩子们强调：圆周率只有在做近似计算的时候可以取3，真正的圆周率不是3，而是一个无限不循环小数，我们一般近似使用3.14。"

点了"发送"按钮之后，黄成萧自然而然地等着那一大堆在自己每次发言后都会出现的"谢谢老师提醒""黄老师真是用心了""黄老师您辛苦了，我一定和我家轩轩强调"等客套话。可他等了足有一两分钟，家长群依然沉静如水，一点反应都没有。

黄成萧把屏幕往上划了几下，发现了问题所在：他的消息前面现在还有一个转动的小圆圈，那条消息一直没发出去。屏幕左上角网络信号的位置处显示着"无互联网连接"的符号。看来是Wi-Fi出现了问题。

"明明去年刚换了速度特别快的光纤的……"他一边在脑海中抱怨电信公司，一边弯下身子，开始检查书桌下面的路由器。路由器看起来倒是没什么特别的，但是网确实是连不上。

黄成萧打算给电信公司打个电话。可是拿起家中固定电话的听筒，刚打算开始拨号的时候，他的手停在了空中。

他看到电话上透明的数字按键变成了白色。

如果说变白的闹钟和水杯还可以解释为两件怪事在巧合下一起发生，这个电话按键再用巧合来解释就实在是太说不过去了。一定发生了什么事情。

黄成萧感觉有点胸闷。他看了看自己家的客厅——没发现什么明显的异常。又看了看窗外：阳光灿烂，天空碧蓝。听筒中一直持续的"嘟——"声提醒他，电话还能用。

他没有打给电信公司。断网这种小事，和这些奇怪的白化事件相比，已经算不得什么了。黄成萧拨下了另外一串号码，这个号码属于他最好的朋友、本科兼硕士时候的舍友李海明。在黄成萧看来，李海明是最有可能解决这种诡异状况的人了。

"喂，那个，大黄啊！"李海明很快接了电话。黄成萧还没来得及讲话，李海明就抢先一步："你家里有没有方便面和矿泉水？要是没有的话赶紧出去买，能买多少买多少，别磨蹭，快！但是要是外面乱成一团你就别去了，起码先注意人身安全。"

黄成萧心中"咯噔"一下，果然出事了，搞不好还是大事。

　　如果在警察局工作的朋友说要储粮备水，注意安全，那么八成是要出严重的治安问题，随后出现的危机可能会涉及整个城市。

　　如果在政府机要部门工作的朋友说要储粮备水，注意安全，那八成是要有战争风险，危机可能涉及整个国家。

　　可是李海明并不是警察或者官员，李海明是科学家，准确地说是天文学家。他在一所和黄成萧同城的天文台研究天体物理学。如果一个天文学家朋友说要储粮备水，那可能要有行星级别的危险了，比如一颗小行星正在撞地球的路上。

　　电话里的李海明还在继续说着："不多废话，我正要去你家，你等着，我还有三十来分钟就到了。我这里的水什么的也可以分给你一点。行了先不说了，我骑车呢，一会见。"

　　电话被李海明挂断了。放下听筒，黄成萧越想越觉得可怕。他走到窗边看了看窗外。可能是因为住在市郊的缘故，他没有看出李海明说的"乱成一团"，但是他确实发现了一些不正常的征兆：小区外面街道的正中心，歪七扭八地停着几辆车；小区里面三五成群的几伙人在议论着什么；

市区方向似乎还有个地方冒起了烟。

黄成萧按照李海明的建议，下楼开始采购方便面和矿泉水。为了不引起怀疑和骚动，他去了小区中几家不同的小卖店，居然还都有存货。大概大多数人并没有李海明这样的科学家朋友，他们可能发现了有些事情不对，但是没想到事情严重到了要储备粮食的程度。

已经过去了半个小时，黄成萧往家里搬了三箱矿泉水以及许多方便面、饼干等耐储存的食品，李海明还是没有来。累得气喘吁吁的黄成萧看了看家里歪七扭八的纸箱，一屁股坐在沙发上，决定先休息一下。

一闲下来，他猛然想起今天的紧急事态似乎应该告诉一些自己在乎的人。但想了片刻，黄成萧也没想到该给谁打电话。现在还不知道发生了什么，给远在千里的父母打电话只能让他们干着急；之前谈过的两任女朋友，最后都因为复杂的原因分手了，自然也无话可聊；黄成萧平时过于平淡的处事方式和比别的同事高出一截的工资，也导致他在同事中并没有什么真的朋友。想来想去，在这个城市，黄成萧还真的想不到什么在乎的人。在家中环视一圈，最后黄成萧把目光停在了书房的办公桌上。办公桌上放着他刚批完的奥赛辅导班的卷子。

学生？难道学生是自己最在乎的人吗？黄成萧仔细地想了想这个问题。

从教学的角度来讲，黄成萧是一名相当优秀的老师——学科知识扎实、教学方法得当。但这只是因为他深厚的学识以及极强的责任心，而并不是出于对教育事业的热忱。在正常的课内教学班中，他甚至都不能叫出全部学生的名字。然而他今年开始带的这个奥赛班有些不同。

在黄成萧所在的城市，上百所小学的毕业生每年都会为了那十几所最优秀的初中而争得头破血流，各种竞赛也因此办得风生水起。虽然政府已经多次下令禁止升学和竞赛挂钩，然而许多初中依然用各种方法打着擦边球。学生家长也不惜花大价钱，给孩子报课外辅导班，甚至还把那些知名教师请到家中一对一辅导。但那些经济条件不太好的家庭是请不起辅导老师的，这就意味着这些家庭的孩子无法得到同等的教育，进而导致他们更难以考入好大学，找到好的工作……"阶层固化"这个近些年才火起来的概念也因此在网上被不断热议。在这样的情况下，黄成萧执教的这种公立学校提供的免费奥赛班就理所当然地被很多家境贫寒的家长和学生视为最后的救命稻草。黄成萧的班级中，集中了不少这样的学生。

梁如玉，一个特别爱看书的孩子，无论是《数学竞赛真题集》还是《三侠五义》都能读得津津有味，但是家里没有多余的钱买书，黄成萧经常借书给她。李凯博，父母都是外来务工人员，但是在对孩子的教育上很舍得花钱，他也没有辜负父母的希望，学习特别努力。陈懿峰，来自一个单亲家庭，聪明又有好奇心，虽然偶尔有点调皮，但是成绩相当好……这些孩子没有足够的金钱去享受优质的私人教育资源，更没有办法在升学失利的情况下出国读书。如果没有黄成萧和他的奥赛班，他们甚至都没有办法接受竞赛辅导。黄成萧认为，他真的在改变一些孩子的人生。

"大黄！黄成萧！"

窗外响起了李海明的声音，打断了黄成萧的思绪。他走到窗前，看到李海明站在楼下，身边停着一辆挂着满满的鼓鼓囊囊袋子的电瓶车。两个人先是费力地把电瓶车抬到黄成萧家里，因为李海明既不同意把电瓶车锁在楼下，又不同意站在楼下说话——前者是因为他怕什么时候爆发骚乱，电瓶车或者车子上的水和压缩饼干被拿走，后者是因为怕别人听到他们的谈话导致"爆发骚乱"本身。还好，黄成萧家只住在二楼。

一进屋，李海明就直接开门见山："是不是没法上网了?"

黄成萧对于李海明预知到这些并不感到惊讶,刚搬完许多箱食品、瓶装水和一辆电动车的他还气喘吁吁的,他"嗯"了一下,算是回答了。

"还有别的事儿吧,比如东西碎了啊,变形了啊,不能用了啊……"

黄成萧回答:"你自己看吧,去卧室看看床头柜上的闹钟和杯子。对了,还有这个电话上的按钮。"他有气无力地指了一下摆在客厅一角的小桌子上面的电话。

李海明瞟了一眼电话,一边微微点了点头,一边转身走进卧室。黄成萧仍然没有从刚才的劳累中完全恢复,脱掉鞋子坐在沙发上休息,这个时候李海明拿着他的白色水杯从卧室走了出来。

"你运气还算好的,我一个朋友今天早上起床,直接踩了一脚的碎玻璃。"李海明说。

黄成萧已经懒得在乎自己的运气好不好了,他盯着李海明,一字一顿地说:"我就想知道,这个世界到底怎么了?"

李海明笑了,他没有直接回答,而是反问了黄成萧一个问题。

"你知道圆周率是多少吗？"

"你说什么？"黄成萧以为自己听错了。

"我问你，圆周率是多少。"李海明又重复了一遍。

"圆周率是π啊……3.141592653589793……"虽然对李海明的卖关子有点厌烦，黄成萧还是背出了圆周率，而且还背出了很多位。

李海明打断了他的背诵。"嗯，那么我告诉你，发生这一切的原因就是，圆周率现在不是你背出来的那个数了。现在的圆周率嘛……估计在3.13左右吧。"

黄成萧目瞪口呆。他听懂了李海明刚才说的每一个字，但是他却怀疑自己是不是理解错了。黄成萧心里很清楚，自己这个上午发现的诡异改变背后，一定有非常不一般的原因。但是他做梦也没想到这个原因居然是圆周率变了。

李海明继续说下去："你还记得我们学过的相对论吧。其实我们的宇宙，是可以用四个维度来描述的，包括一个时间维度和三个空间维度。在狭义相对论中，时空是平直的，而在广义相对论中，时空会因为物质和能量的存在而产生弯曲。所以我们所处的空间，其实是一个可以弯曲的三维空间，在弯曲的空间中，描绘这个空间的几何学可能会偏离欧几里得几何的范畴。"李海明一边说一边用双手比画出了一个球的形状,似乎真的在描绘空间的弯曲一样。

黄成萧点了点头。"我记得当时老师为了方便理解还举了例子——用二维空间来打比方的话,我们从初中就开始学的欧几里得几何其实就是描述平直的二维空间的,两条平行线没有交点。而如果空间有弯曲,比如在一个球面或者马鞍面上,两条平行线可能会有两个交点。"

"是的,我们在数学上用曲率这个概念来描述空间的弯曲程度,这个例子形象地说明了不同曲率的空间的样子。然而曲率影响的不仅仅是平行线,还影响了许多其他几何性质,比如说——"

"圆周率。"

这三个字是李海明和黄成萧一起说出来的。

李海明继续解释:"昨天半夜,大概11点15分左右吧,全球基本上所有的天文台都报告了星空的异常——星星之间的相对位置发生了变化。当然了,一开始没人想到圆周率变了这种事情的,直到排查了所有可能的因素,并且对比了其他天文台传来的数据之后,我们才得出结论:圆周率正在慢慢变小。当我们讨论出这个结果的时候,已经是凌晨两点多了,过不了多久,所有基于光纤的网络就都用不了了,现在有线电话还能使用。天文台也出现了各种状况，比如望远镜的焦距已经不准确了，有比较脆的或者不太均匀的材料组成的物品相继碎裂，没碎的也可能出现各种变化，尤其是很多种类的塑料会因为许多极其细小而均匀的裂纹而变白，这个现象在材料学上好像叫'银纹'，比如你这个水杯是聚丙烯的吧……"李海明把黄成萧的水杯举得很高，用力地朝着地板砸了下去，塑料水杯非常奇妙地碎成了如尘埃一般的粉末。

黄成萧明白了一切。圆周率变小了，这意味着和之前相比，组成具有某个半径的环或者球不再需要那么多的材料。一个直径是一厘米的球，原本的体积是三分之四乘以一厘米的立方再乘以3.14。而现在，最后的那个系数变成了3.13。这样一来，原来组成这个球的材料就会变得过剩，这些多余出来的材料会让球体内部产生向外的压力，并且还有破坏球体的趋势，就像一个越吹越大、快要爆炸的气球。

其实不仅是球形物体，所有物体的内部都在遭受额外的挤压。那些多余的材料在圆周率变化的影响下，使物体内部产生了均匀的压力。有一定韧性或者一定强度的材料还保持着稳定性，比如金属、质量较好的玻璃或者混凝土，但是有些很脆的材料或者很精密的材料就因为这些压力被破坏或者失去了功能，比如望远镜的镜片、光纤中的玻璃纤维。也有的材料因为这些均匀的压力而产生了非常细密的裂纹，从透明变成了白色。这方面尤其明显的就是塑料制品，比如他家里的水杯、闹钟表面和电话按键。刚才李海明说的被一地的碎玻璃扎了的同事，也是因此而受害。

这还不是最可怕的。黄成萧望着李海明，一脸惊恐。李海明神色肃然，手轻轻地向着地面指了指。黄成萧知道他想说什么。我们身边最大的球体，就是脚下的地球。

光是正常的板块运动就足以导致造成千万人丧生的大地震，而这种从地核到地壳的向外压力可能导致的后果，黄成萧简直不敢想象。地下的岩浆最后会在挤压下冲破地壳喷涌而出，可能造成上亿人的死伤。

黄成萧突然发现李海明还在看着自己。他收回思绪，点了点头示意李海明继续。

"你知道更意外的是什么吗，这只是个开端。"李海明用重音强调了"开端"两个字。

"开端？你是什么意思，这只是骚乱的开端吗？"

"说骚乱的开端也对，但是我刚才说的不是这个意思。我是说，这只是圆周率变小的开端。现在的圆周率大概在3.13左右吧。圆周率还会持续变小的，"李海明继续说着，

"昨晚在发现这件事情之后,我们研究了圆周率变小的趋势。最后我们的结论是,根据多种拟合方法,圆周率会以越来越慢的速度持续变小,大概在一段时间后稳定在3左右,这个时间有多长现在还没有统一的答案,估计在几千年上下吧。这个要是写出一篇论文,那一定能上Nature,也一定能得诺贝尔奖……"李海明苦笑了一下,"可是Nature或者诺贝尔奖,在这件事情面前似乎没什么意义了。"

黄成萧沉默了一小会儿,似乎在思考这个令人震惊的事实背后的含义。片刻后他问李海明:"那你们现在知不知道为什么圆周率会异常?有黑洞或者中子星什么的经过地球附近吗?"

李海明笑着轻轻打了黄成萧一拳:"好样的,在这种时候还想着物理,我就知道你心里还是很在乎物理的,真不愧是我这种物理学界青年才俊的舍友啊。"

"少臭美,快说,一会你死了没人给我讲了。"

"其实,我们不应该说圆周率异常了。"李海明似乎兴奋起来,像是要揭示什么重大的秘密,"我们应该说,圆周率正常了。"

黄成萧又一次被震惊了,"难道你的意思是……我们之前用的圆周率,才是受到干扰之后的?"

"没错,现在我们确实是这么认为的。"3"这个整数,才应该是真正的圆周率,或者说正常的圆周率。你知道有个天才的数学家吧,就是那个把自己憋在家里做数学题的俄罗斯人,叫格里戈里·佩雷尔曼的那个。我们昨天晚上就给他打了电话。天才的行动速度就是快,今天早上五点多,我们就接到了他的传真,他用的数学理论太高深了,而且因为时间有限,他的稿子非常潦草,我看不太懂。但是他的结论是,圆周率是3的情况下,可以构建出一个比现在的数学体系融洽得多的新体系,而且还可能和我们空间的维度是3有关系。他在传真最后谢谢我们,他说,他瞥见了宇宙间最为宏伟瑰丽的数学大厦,虽然也许没有太多的时间做进一步研究,但他认为此生无憾了。"李海明说话的语气居然都抑扬顿挫起来,似乎受到了数学家的感染。对于一个数学家或者物理学家来说,"朝闻道,夕死可矣"这句话,并不是一句空谈。

"其实,从最开始接触圆周率的时候我就想过这个问题。"黄成萧也完全忘记了他在人世中要面临的境地,投入地谈起了自己感兴趣的物理学。"小的时候就总是觉得圆周率 π 很难算,经常要计算许多小数乘法,要是圆周率是一个整数该多好。后来，我又总觉得圆周率不够美，居然是一个无限不循环小数，自然规律应该是简洁而优美的啊。没想到，在没有受到干扰的空间中，圆周率居然真的是一个整数……对了，之前是什么干扰了我们的空间？我不记得地球附近有发现过大质量天体啊。"

李海明摇了摇头："这属于我们不知道的范围了，但是我们现在猜测，影响我们这个三维空间曲率的因素，不在我们这三个维度之中。因为根据那些在望远镜彻底坏掉之前得到的天文观测数据，整个宇宙的曲率都是在同步改变的。也许是其他维度中的什么因素影响了我们所在的这个空间的曲率，比如高维空间中的某个有质量的物体。但是这个因素现在消失了，我们这个空间的曲率也因此慢慢恢复正常。而且你知道吗，最有意思，也是最可怕的事情在于，"李海明顿了顿，准备揭晓最后的谜底，"根据估计，一个圆周率是3的正常曲率的宇宙，是不支持生命存在的。那些做分子模拟的人认为，圆周率减少到3.05左右的时候，超过十几个碳原子组成的分子都不会稳定存在。"

黄成萧盯着李海明的眼睛，一字一顿地说："你的意思是，我们之所以能够存在，仅仅是因为一个其他维度的未知因素产生的意外。"

李海明微笑着点了点头。

造化弄人。这是黄成萧想到的第一个词语。没想到，自己乃至人类的存在，都只是一个意外。而正常的宇宙，居然只可能是一个毫无生机的死亡世界。

"那人类有什么希望能把圆周率改回原来的数值吗？或者至少……能改变到一个能允许宇宙中存在生命的数值啊……"黄成萧问李海明。

李海明摇了摇头："不知道，也许可以，也许不行。圆周率改变的因素涉及超出我们的四维时空之外的维度，人类知道的还太少了。"他的语气低沉了下去，但随后又抬了抬头，继续说，"不过，人类不会这么坐以待毙的。根据估算，宇宙变得完全不适合人类生存还需要大概2000年到3000年。昨晚一发现异常，天文台的台长就立刻对上级部门做了紧急汇报，只用了40分钟，中国就已经建立起了一个集合了三十多个科研院所和高校的团队，并且草拟了一个时间跨度长达2000年的计划。美国、欧盟、俄罗斯和日本也相继建立起了自己的团队，跨国合作会随后展开。"

李海明自然是在这个科研团队中的。黄成萧有点惊讶："那你居然还能跑过来找我？你现在应该是国宝级，噢不，球宝级的待遇啊。"

李海明乐了："球宝啊，那得看这两个月我的运气好不好了。昨晚，地球物理学小组火速模拟了圆周率变小情况下的地质运动。地幔中被挤压出的岩浆会冲击地壳，导致地壳的剧烈运动和相互碰撞。在地壳薄弱的地方，岩浆还有可能直接冲破地壳。所以就在这几天，岩浆喷发和地震应该会频繁发生，尤其是在板块交界处和原来的地震带上。当然地球的实际情况复杂，有很强的不确定性，这些灾害也有可能在任何地方发生。圆周率的变小速度是逐渐减缓的，所以等到大概两到三个月过后，地壳的各个板块会因为涌出的岩浆渐渐分离，不再碰撞，地幔中岩浆的涌出也会趋于平稳。板块交界处会形成条形的岩浆泉。在这个时候，地质灾害就会基本恢复到圆周率变化之前的频率了。

"鉴于这两个月剧烈爆发的地质灾害有强烈的不确定性和超出想象的强度，现在的地球上，没有任何一个地点的保护措施是可靠的。不能把所有鸡蛋都放在一个篮子里，国家决定所有在团队中的科研人员立刻解散，而且鼓励大家离开所在城市，分散到全国各地，等到地质灾害频繁发生的阶段过去了，再集中到一起。不然，我今天可能还真没法看到你。"

李海明的语气突然加重了一些:"最后还有一件很重要的事情。大黄,我来找你并不仅仅是给你送水的。我一直欣赏你的天分,你因为各种原因没有去做科研我很遗憾,但是这次事件之后,估计全世界都会向科学研究投入巨量的经费,而且也需要许多理论物理学专业的人才,相关人员的待遇也肯定会提高……等到这个暂时的骚乱平息之后,你要不要重新回到科研岗位?我们组还很缺理论物理的人。另外,"李海明露出了开玩笑一样的笑容,"还可以顺手拯救一下宇宙和人类什么的。"

这对于黄成萧来说当然是个好消息,他点了点头:"我当然同意。"

李海明并不意外:"我就知道你会同意的,从本科到博士你都那么喜欢科研,更何况你这个人特别有责任感,面对这种威胁到整个文明生存,甚至还威胁到那些不知道有没有的外星文明的生存的时候,你肯定会做点什么的。即使人类的诞生只是一场意外,人类也应该努力,精彩地生存下去。"

李海明这最后一句话让黄成萧陷入沉思。他似乎想起了一些往事,想起了那一次不和谐的家访,和那位强忍泪水的少年。

"你的出生就是一个意外，你妈当初就不该把你生下来！"这是黄成萧在一次家访的时候听到的。黄成萧去的是奥赛班中一个叫孙亮的孩子家。孙亮随母姓，这是因为没有人知道他的父亲是谁——也许孙亮的母亲知道，但是孙亮小时候的一场车祸让他的母亲再也没有机会告诉他答案了。孙亮在经济同样不宽裕的姨妈家里长大，可想而知，姨妈对他并不很友好。这是一次不成功的家访，孙亮的姨妈听到黄成萧对于孙亮天分和成绩的高度评价后并没有开心，反而对着孙亮喊出了这些刺耳的话。

黄成萧很清楚，孙亮一定有些不顺心的事情，他这次家访就是因为孙亮最近频繁表露出的厌学情绪，还说想要退出奥赛辅导。只是黄成萧没有想到，只有十岁的孙亮，却要在心中承载这么多的痛苦。在他之前看来，孙亮只是一个虽然有些内向，但努力而且很有天分的学生，颇有几分像小时候的自己。他真的不知道在这个男孩背后有这样的家庭。

和孙亮的姨妈尴尬地告别之后，黄成萧把孙亮叫出了门外。

"孙亮，你的姨妈可能说话不太注意，你不要太往心里去，老师相信你是很优秀的学生，你会是老师的骄傲。"这不仅仅是安慰，黄成萧知道，自己对孙亮的认可是发自内心的。

孙亮的身体有些微微颤抖，抿着嘴唇，眼中泛着泪花。

黄成萧弯下身子，双眼平视着孙亮。用虽然不大，但是很坚定的声音说出了他对他的学生真挚的告诫：

"即使我们的出生只是一场意外，我们也应该努力过得更精彩。"

"海明，我恐怕还不能马上开始搞科研。"从回忆中转到现实，黄成萧缓缓地说，"一年之后吧，一年之后我再辞去老师的工作，给我一年的时间。"

"嗯？怎么了？"李海明有点不解。

"下一届奥赛还有不到一年，我起码要送走这一届奥赛班的学生。"黄成萧冲着李海明有些抱歉地笑了笑，"我要尽到我作为老师的责任。"

李海明愣了一下，"我还以为你不喜欢当老师呢。"这不能怪李海明不了解朋友，毕竟黄成萧每次见到李海明都要表达一下对于科研工作的羡慕。"而且你要知道，在这样的情况下，明年的奥赛还办不办是很不好说的。"

"奥赛就算不办了，学校总不可能也不办了吧。人类以后肯定是需要科学家的，怎么都会有个考试，或者其他的选拔之类的，对于人类，这可以让我们找到优秀的人才，对于那些学生，这也是改变命运的途径啊……"黄成萧的语气似乎有点着急。

李海明了解黄成萧的性格和责任心，他也大概猜到了自己的老同学放不下的是什么。他善解人意地笑了，拍了拍黄成萧的肩膀："好的，我理解你。"

现在并不是闲谈叙旧的好时候，李海明整理了一下衣服，准备离开。

"我要走了，时间不多，很多汽车已经不能用了，也有的会爆炸……内燃机作为动力的东西现在都太危险了，我想趁着电瓶车还能用，赶紧把这些东西送回家。这个消息传开之后，社会上肯定会乱一阵子，要是哪里有岩浆喷出来了估计还要死好多人，但是过一小段时间之后，社会就会重新安定下来的……等到那个时候，别忘了我们要一起搞科研的约定啊，你可别死了。"虽然话里还带着玩笑，但是李海明的语调却低沉了下去。

"去吧，给叔叔阿姨带个好，"黄成萧的语调更显得黯然。和家就在邻市的李海明不同，黄成萧的家远在千里，现在已经不存在安全回家的办法了。

帮着李海明把电动车以及足够的食物和水抬到楼下，

黄成萧意识到，他现在真的要和他的好朋友分别了，能不能再见，恐怕还要看命运的安排。

"电话在大部分情况下应该还能用，不过这说不太准，可能不久线路就会被挤爆，赶紧给要联系的人打电话。比较新的楼房大多是安全的，这个取决于这个城市是不是会地震以及会不会有岩浆喷发，这个主要看运气。离危险的东西远一点，比如所有的玻璃制品、陶瓷制品之类的都可能在任何时候突然碎裂，这个取决于它们的质量好不好，形状均匀不均匀……人体组织的可塑性很强，虽然可能会有不舒服的感觉但是不会很严重……"李海明絮絮叨叨地嘱咐黄成萧，声音不大，但是语速很快。小区里面聚集的人多了许多，大家都在用焦急的语气询问着四邻，空气中充满了喧嚣的声音。发现情况不对的人越来越多了，骚乱可能很快就会爆发。

说完了许多注意事项，李海明呼出一口气，又用低沉的声音缓缓地补充了一句话。

"记得，电话说不好还能用多久了，赶紧去打几个电话，帮我给叔叔阿姨带个好。"

黄成萧默默地点了点头。李海明用力抱了抱黄成萧，接着转身跨上电动车。

"兄弟,再见了。"

"兄弟,再见。"

目送李海明离开后,黄成萧回到家里,在脑海中构思了一张名单,这份名单中有父母,有一些老朋友,也有许多学生家长。黄成萧按顺序打电话过去。

一个半小时之后,黄成萧仔细地想了一遍,确定没有什么要打的电话了。他觉得心中仿佛放下了一块负担,尽人事,剩下的就是安天命了。

黄成萧心满意足地躺在了沙发上,习惯性地从裤兜中拿出手机想要刷一下互联网放松一下。可是直到机械性地解锁了手机后,他才反应过来,已经没有什么互联网了。

手机已经被解锁,自动跳出了他上次使用时候的画面。

看着屏幕上仍然没有发送出去的那句话,黄成萧的嘴角露出一丝笑意。

"各位家长大家好,我刚刚批完了上周五单元测验的卷子,发现有很多同学没有注意读题。最后一道计算题的题干中已经明确给出,'圆周率取3.14',而不是我们在三年级时为了简化计算而取的3。请各位家长和孩子们强调一下审题的重要性,此外还要和孩子们强调:圆周率只有在做近似计算的时候可以取3，真正的圆周率不是3，而是一个无限不循环小数，我们一般近似使用3.14。"

赵佳铭，物理学硕士，科幻作者、译者。代表作《圆周率》《文明墓碑》《萌宠》。

名师大语文

名师导读

这个世界肯定有哪里出了问题。

一觉醒来,主人公发现身边的闹钟、水杯陆续变成了白色!他带着疑问认真负责地判完数学作业,想给学生家长发信息却发现手机的Wi-Fi信号都没有了。他想用固定电话打电话,发现固定电话的按键竟然也变成了白色!正在他纳闷的时候,在天文台研究天体物理学的好友李海明打电话来提醒他有大事要发生,让他抓紧储粮备水,注意安全。如果一个天文学家说要储粮备水,那可能要有行星级别的危险了,比如一颗小行星正在撞地球的路上。小说至此做足了铺垫,吊足了读者的胃口,最后才借助李海明之口告诉读者:圆周率变小了,而且还在继续变小;圆周率持续变小这件事,将逐渐毁灭一切球形的物体。譬如我们赖以生存的地球。

圆周率

圆周率是圆周长和直径的比值，它是无限不循环小数，是在数学以及物理领域应用非常广泛的数学常数，是一个无理数，又是超越数。圆周率用希腊字母π表示。在日常生活中，通常用3.14代表圆周率去进行近似计算。

早在公元前1900年至公元前1600年之间，古巴比伦人对圆周率就有研究。一块来自这段时期的古巴比伦石匾上记载了圆周率的近似值，即25/8=3.125。古埃及数学著作《莱因德数学》上也有如何计算面积的内容，说明圆周率等于分数16/9的平方，约等于3.1605。也有研究证明早在公元前2500年左右，古埃及人可能就已经对圆周率有了深入的研究。

中国古代的数学家祖冲之（南朝宋、齐科学家）对圆周率的研究也有贡献，他在刘徽开创的探索圆周率的精确方法的基础上，将"圆周率"精算到小数第七位，即在3.1415926和3.1415927之间。他的"祖率"对后世的数学研究贡献重大。

如今，谷歌的超级计算机仍然在日夜不停地计算着圆周率，而且位数一直在不断增加。

从古至今，无数的科学家都把计算圆周率当作毕生的事业和追求，希望在有生之年可以揭开圆周率的真相。1965年，英国数学家约翰·沃利斯在《无穷算术》中提出圆周率是无穷尽的，不过很多数学家并不认可他的说法。直到2015年左右，科学家们在研究量子力学的计算过程中，发现了相同的圆周率计算公式，也得出了圆周率无穷尽的观点。圆周率小数点之后的位数一直在变化,一直被科学界不断地刷新着数据。2021年,来自瑞士的一家研究机构利用超级计算机计算出圆周率小数点后的62.8万亿位,耗时108天,一举打破了此前的纪录——小数点后50万亿位。圆周率至今还没有被算尽。

圆周率如此令人痴迷,原因众说纷纭。有人认为圆周率和宇宙的终极奥秘有关。只有不断地计算圆周率,并且找到数字与宇宙之间的联系,就可以通过圆周率来破解宇宙密码,成为超级文明。更有甚者,有人认为圆周率可能是超级文明留给我们的沟通信息。而生活中和圆周率相关的话题包罗万象,科学家曾经做过一项研究,无论是你的生日还是银行卡账号,甚至是你说过的话,按照某种规则换算成数字,都可以在圆周率中找到对应的内容。

究竟圆周率中隐藏着什么秘密呢?如果将来有一天我们成功地破解了圆周率的奥秘,那么对于宇宙和事物的认识可能就更进一步啦。

思维拓展

一个悬疑小说般的开头能够牢牢吸引读者的阅读兴趣。

圆周率既是文章的题目,也是文章的中心线索。数学老师黄成萧在给学生判作业时发现许多同学使用圆周率时总是忽略题干要求,导致做题马虎、不准确。正当他打算较真地联系家长、批评学生时，却被"圆周率"的变化引起的一系列事件点醒，原来，世间的万事万物本就不是确定不变的。

"他觉得心中仿佛放下了一块负担，尽人事，剩下的就是安天命了。"面对世界的重大变化，黄成萧的反应就是如此。而他心中的巨大负担，是圆周率正在变小的现实，也是学生做题时不够准确的现实，是他身为物理学博士却投身小学教育的现实，也是他身为人师要认真负责的现实。我们每个人深陷某件事务中时，都会觉得自己不可或缺，也会为之拼尽全力，然而，当我们深信不疑的现实发生变化时，再看自己努力的事情，可能方向都是错的。所以，身处当下时，尽人事、听天命或许是最好的选择。

太阳每天东升西落，月亮圆了会缺，缺了会圆，红灯停、绿灯行……这些都是我们生活中习以为常的知识，它们像习惯，更像真理一样。然而，这些我们习以为常的事物真的不会变吗？我们以为绝对正确的真理真的不会变吗？如果地球一点点变小了，世界会变成什么样呢？我们一直以为正确的，就是绝对正确的吗？

托卡马克兄弟

七格 / 著

第一行：花园

"我的天，这已经是第三次了！"我把厚厚一沓数据分析报告扔在主任桌子上。主任是个快秃顶的博士生导师，一团和气，在我们这里工作了将近三十年，等到他全部秃光了，差不多就该退休了，但托卡马克还是老样子，七千多万摄氏度，持续时间200秒，这比三年前有进步，但离一亿摄氏度、持续时间1000秒的可控核聚变目标，估计还差他再秃个四五回的时间量，他越发感觉此生无望，就越发和气，待我们越发慈祥。

主任皱着眉头，看着这沓数据报表，再明显不过了，这是对等离子外层湍流数据选择了恰当的谱函数，通过一系列模型适配计算后，终于在不同尺度下都找到的自相似波形数据，这些数据表明，这些波形和人类脑电波特征值完全匹配。第一次发现这个征兆后，附近科大讯飞几名科学家即刻拍马而至，鼓捣一阵后，很快就把它们翻译成了自然语言。现在，我们终于意识到了，这不是偶然，或者谁的恶作剧，托卡马克这是第三次在清晰无比地告诉我们。

"我要回家。"

主任两手手指对着顶住，成一个三角形，然后三角形顶点支撑着他快要哭出来但强行忍住的下巴，许久之后，他想出了一个解决方案。

"这样，要不你先去洗个澡，理个发，睡一觉？"

就这样，胡子拉碴、浑身汗臭、双眼充血的我准备乘坐地铁回家好好睡上一觉，在地铁站时我差点被当成盲流，安检员把我的身份证看了三遍，还打了电话去局里核实。回家后我昏睡了一天一夜才回到人间。这几个星期我不眠不休泡在实验室，就是在和托卡马克不断斗争，我弄不明白它怎么会有语言。我认定这是人类太会自作多情的缘故，就跟老百姓看到火星上拍到的阴影图案就非得嚷嚷那就是外星文明留给我们愚蠢人类的一张笑脸一样,其实根本就不可能有这类傻得像发了花痴一样的好事。但问题是我们已经更换了三次监测设备,并且三次采取不同温控方案点火,我们仔细检查了中性束诊断系统每一项参数,严格筛选了离子回旋加热的基频并优化了天线阵列,把真空室清洗了不下几十遍,更换了所有包层模块,最后把看起来精神变得不太正常的弹丸注入系统的负责人也替换了……不幸的是,输出的是同样结果。一怒之下,我把所有的压力和愤怒发泄在主任的秃头上面,反正他脾气好,也没有意识到他脑门上正中央刚好被我喷了一滴唾沫星子,乳白色,极大的表面张力使它珠圆玉润,像一个微型托卡马克,傲视这片广袤的肉天肉地。

  我抓起电话,拨通我女朋友的号码,一阵忙音之后才意识到前几周和她刚刚吹了。吹了也好,女朋友这种对象很烦,如果我们很难采集一串真随机数,那么从女朋友的态度变换中一定可以轻松得到。我和她不止吵了一百次架,其中至少有一百零一次是关于买房子的,为什么会多出一次的原因,是因为我刚刚打电话是想跟她继续吵但是没吵成的缘故。现在很好,吹了,就不用吵了。

在合肥都买不起房子，还想去上海买房子，可能吗？这托卡马克要是有智能，它能不能回答我这个问题呢？

恶作剧计划就这么愉快地形成了。我赶紧打辆车去了科学岛上的实验室。托卡马克还在那里矗着，这个高11米重达400吨的家伙，就算把我们整个实验室上百名科学家、工程技术员全部挨个拍死，我也不相信它有智能，但既然现在它如此鬼魅地表达了它的智能，那我就要毫不客气地好好测试一下。

但今天看来测试会遇到麻烦，因为实验室里明显多了好几个不认识的陌生人，实验室外还有一圈特警，个个表情严肃，我穿过时，他们全都盯着我胸前的名牌，好像我是来找托卡马克炸薯条用一样。见我一脸预发作模式，主任赶紧迎上来介绍说，上面很重视我的报告，所以为了以防万一，布置了这样的安全措施。

"我们需要你对它做一些进一步的测试。"主任搓着手，好像测试完毕他的脑袋就会重新一头秀发，回到他年轻时兴冲冲一头钻进核物理研究的风姿。这几十年，主任被折磨得够呛，从小鲜肉变成牛板筋，也不曾婚娶，一生献给了核聚变研究却一无所获，对此托卡马克功不可没。

"求之不得。"我对着主任说话，眼睛却死死盯住了托卡马克圆鼓鼓的不锈钢桶壁。心想你就算成了精，我也要把你测得无所遁形。

当我把我的问题交给负责人机接口输入的两名科学家时，他们看了好久后，其中一个终于忍不住发问了："你这问题，它行吗？"另一个也不安地插话："难道我们不该先从类似'hello，你好，我们是人类'这样的句子开头吗？"

"你们跟它很熟？"

"不熟。"

沉默。科学家和科学家的聊天，经常会出现这种抱死现象，就是常人说的把天聊死态。无奈之下，这两位跟我们合作多次的科大讯飞科学家，只能将我的问题输入进去，但他们还是不太肯完全照做，悄悄在我直白粗鲁的问题里，加了点尊敬的口气。

"在合肥都买不起房子，还想去上海买房子，请问，可能吗？"

请问你个头。科学不是请客吃饭。

很快，这些文字被翻译成人类的脑电波。由文字倒推回波形，会有上百种可能的对应波形，为以防万一，他们将最常见的前五十种波形排序后，依次用逆向工程加工成托卡马克给我们的输出格式，然后输入进去。

主任看我们这里都做好了,就点头示意点火。

随着欧姆电流加热、中性束注入加热、ICRH加热、ECRH加热、LHRH加热的不断加入,托卡马克内部的等离子体开始生成,然后在旋转中不断升温,环流磁力线和纵向磁力线共同绞出一个麻花卷,就像阿拉伯人固定头巾的头箍,粒子在其中高速绕行,像是一股股螺旋前进的麻花辫。很快,等离子表面的湍流再度出现,温度极高,透过监视窗,靠肉眼可以看到等离子束的外层,弥漫着一轮暗红色的霓虹。我们的信号发射装置就挂在磁分界面的偏滤器上,偏滤器本来是用来排除氦灰、控制杂质的,现在我在最不易受到粒子溅射的钨段,加装了简易信号发射装置,天知道如此粗糙的做法,是否真能让它吸收到我们发出的波段。

一百秒之后,这次实验结束了,我们又一次得到密密麻麻的数据。这群搞人工智能的科学家也真有两把刷子,他们已经优化了整套数据分析流程,所以不到一分钟,我们所有人都看到了托卡马克的回复。

许久之后,我一言不发,不管身后传来多少声大呼小叫,只是迎着春天的光线,走向花园。我扯了下经过的秋千,上面正在荡的一位姑娘,就这么一声不吭一脸砸进了潮湿的泥土。我一头跃入冰冷的湖水中，让他们去误会我不想活了吧，我只是想冷静一下。

"兄弟，不要买房，跟我回家。"

这就是托卡马克的回复。

第二行：未达成的愿望

一个月后，主任获得首席科学家职位，并获得一大笔国家专项研发资金，全世界搞核聚变、超导、人工智能、生物脑工程、航天以及心理学等各类学者，足足两三千人，全部住进了合肥大大小小所有宾馆，并在得知托卡马克想了解当地徽州名菜臭鳜鱼后，也纷纷开始学吃起来，当场吐的不是一个两个。我也被主任安排到重要位置，就是专门负责和托卡马克对话，他要我务必问出如何才能在当前压力条件下，达到温度一亿摄氏度，持续时间1000秒。

但这事情没那么好做。托卡马克总是不回答这个问题，总是问我地球上各种家长里短的事情。主任一看，好嘛，敢情这托卡马克还是一话痨，干脆，直接从国家电网申请了一条专用电缆，把大亚湾核电厂的供电，优先全部供应托卡马克，让它一天24小时都能和我说话，搞得附近兄弟单位弄同步辐射实验的那群科学家，一个个羡慕得脸都怒放了。

人工智能专家们很快发现，托卡马克并没有表现出我们常以为的那种强人工智能的特征，它事实上智商很不行，尤其是计算能力，我教了它不下几十次，但它还是很难掌握十以内的加减法，他们测算下来，它的逻辑推理能力大约是人类三岁左右孩子的水平。也许要它说出如何才能做到可控核聚变，根本是不可能的事情。

但核聚变技术对人类来说，太有诱惑力了。一旦掌握，从此以后人类将获得前所未有的最干净、最安全的能源，哪怕核聚变厂被恐怖分子炸个底朝天，我们的损失也就是一点钱，以及恐怖分子几条命。所以美国、日本、德国、法国等国家纷纷给我们的政府塞钱，强烈要求共同开发这个神奇的托卡马克。

"很好，我们一起努力，为我们的国家、我们的人民增光！"主任坚定有力地拍了拍我的肩膀，他已经发表了好几篇重量级的论文，并被下一届的诺贝尔物理学奖提名。人逢喜事精神爽，我发现主任的秃顶竟然长出了头发！后来想了半天，才意识到现在的植发技术，已经可以做到比真的还真。

主任不愧是核聚变领域的领军人物，针对托卡马克的智商，他设计了一份询问问卷，这些问题都很简单，比如，托卡马克，你觉得热吗？或者问它，再热一点你喜欢吗？总之，我们用各种早教老师对待幼儿般的提问，得出了各种各样的答案，再把这些答案综合起来，希望能从中得到所需要的技术细节。

三个月后，托卡马克如实回答完了这份问卷上的上千个问题，但出乎我们意料的是，在最后一道题的回答末尾，它加了一句："我的回答都是错的。让我去太阳，我就告诉你。"

主任当晚就喝醉了，据说他连捶自己脑袋，懊恼白白浪费了三个月，却被一个三岁智力的大铁砣子给耍了。我也很同情他，托卡马克的确像一个很顽皮的孩子，它总是不按大人的愿望去做事，而大人总是低估三岁孩子的智商，所以，我们得另谋出路。

"我们决定把你送到太阳上去。"在可以实时通信的最新人机对话界面上，我输入了这条经过上级领导同意的信息。

"好！什么时候？"

"但是你太重，我们需要特殊的火箭发动机。可是我们没有。"

"那怎么办？"

"你告诉我们怎么保持一亿摄氏度连续运行1000秒，我们就能造出来。"

托卡马克沉默了许久，也没有再搭话，这个情况太反常了。但所有监测数据表明，它还在运作，看来它在权衡利弊，做一个决断。

"不。"

托卡马克终于回答了。就一个字，似乎它已经过滤了千言万语，不想让我知道更多的想法。我猜它内心正在动摇，我需要找到突破口。

"你的外壳是不锈钢材质，最多耐受1500摄氏度，所以你还没到达太阳，就会被烧成一堆金属液体，你就死了，所以，不要去太阳，现在告诉我。"

"我要去。我会永生。永生前，我告诉你。"

"胡说。没有人可以永生。"

"我是高温等离子体，我可以。"

连线的所有搞生物智能、宇宙生命还有神经科学以及高能物理的各行科学家都沉默了。7000万摄氏度高温下的等离子体，是否拥有一种永生的生命形态，没有人能回答得出，事实上，对于这种相态下能拥有和人类交流的智慧，已经让他们抓狂至今了。

忽然，我有了一个天才主意，我按住狂跳的心，冷静问它：

"你怎么知道你什么时候会永生？"

"我会感到热，热到快不行了，我就快永生了。"

很好，1500摄氏度这个温度，地球上轻松就能造出来。

只要我们做一个大型的高温电炉，把这个会说话的托卡马克放进去，这样它的表面就能轻易被加热到1500摄氏度以上。唯一要注意的，就是它熔融时会有大量高速粒子打在没有防护的桶壁上造成辐射威胁，所以这个高温电炉外面要构筑足够厚的铅板、混凝土并有充分的水冷措施。反正等它和盘托出核聚变技术，到时候我可以再用核聚变做动力，送它的残骸去太阳，这样无论逻辑上、技术上还是道义上，我们人类全都做得完美无缺，当然，我撒了个谎，但这是一个白色谎言。如果我不骗它，那它得不到永生，我们也得不到核聚变。

"那就这么说定了，我们想办法，把火箭造出来，把你运上去。"

"好。兄弟你也去吗？"

"我是人，我会死的，我不去。"

"逗你呢。可是人活着不是没意思吗？臭鳜鱼、不要脸、女朋友这些你不是说，都没意思吗？所以死了也没事。兄弟，和我一样，成为等离子，就能运动，永远运动。o(∩_∩)o"

这是托卡马克第一次发表情符，说的内容也让我有些吃惊。周围在现场的十几个科学家也皱起了眉头，互相看着，不知道应该怎么接话。有个心理学家最后建议我，换个话题。

"我最近买了一本好书，想让我念给你听吗？"

"什么书？"

"夸父逐日。"

"有图吗？"

"是绘本，全是图。"

"我要看图。"

几名计算机图形学专家点点头，他们早就想尝试将图形也做成信号输入进去，看一下托卡马克的反应。基于图料库的大数据统计分析已经解决了大部分的机器图形识别能力，但还是达不到人类儿童看图说话的水平，现在他们基于蒙塔古语法做了一个高阶内涵逻辑读图系统，希望可以把图像信息和语义相结合，并把外延逻辑改造成含有时空信息和可能态信息的内涵逻辑，从而让机器能够更像一个人，而不是一台机器在看画面。

他们鼓捣的那一套我也不明白，但在技术上我还是相信他们的，于是我把绘本交给他们，告诉他们里面谁是夸父，然后才放心走出实验室。

主任已经知道了我的全盘计划，他冲我猛竖起大拇指，并抢先我一步跳入湖里，平静激动的心绪。

第三行：真实的故事

两年之后，一台能装下EAST托卡马克的防辐射的高温电炉，在工程师和工人们加班加点的努力下，顺利制造完毕，试运行下来一切正常。我们将升温程序模拟成逐渐靠近太阳的样子，此外它还具备模拟火箭升空时的重力加速度、喷射噪声以及随后的失重效应，虽然我们并不知道托卡马克是否会感应到这些。为了让一切真实可信，我们还跟托卡马克说好了，发射过程会全程断电，等它到了永生前的临界点，配备的太阳能蓄电池装置会自动启动，给予它足够的电力运转，并逐渐达到足够的温度和压力，让它恢复意识，维持时间大约在三秒左右。这个时候，它可以把如何实现可控核聚变的技术，通过微波通信，发射到地球上来，我们在地球上已经布置好了相应的接收装置。

这两年里，我也没闲着，那个从秋千上一头栽泥里的美女，很久后我才知道原来是我的同事，一名负责托卡马克冷却水系统的女科学家。然后我们就恋爱了，然后很快她成了我们两个孩子的妈妈，然后我升职成了实验室的首席科学家，主任则升职离开了原单位，所有人都过上了美好快乐的生活，我也得到了梦寐以求的房子，并且还是合肥、上海各一栋，我再也不缺任何东西，只要托卡马克说出最后的秘密，我还将拥有更多。为此，我很感激它，几乎每天都会抽时间和它聊各种家常，把我生活中的点点滴滴全都告诉它，逢年过节，我一定会去看望它，甚至吃年夜饭就在它旁边搭个桌子，叫厨师上门来做给我们吃，仿佛我们真的是一家人一样。托卡马克特别喜欢这样的家庭生活，它还特别三八，喜欢和我老婆聊各种八卦，有时它还会由衷感叹，人类能住在地球上到处乱跑，到处污染环境，原来也是蛮有意思的。为了让它也能开开眼界，我还给它看网上下载的图片，它非常喜欢，觉得这些姑娘们都很有志气，虽然穷得衣服都穿不起。我还弄了台无人机，把信号接驳给它，让它看看它所在的科学岛是什么样子的。

"这就是我在地球的家。"有一天托卡马克这样评价。

"喜欢吗？"我问它。

"凑合。"

我觉得它能用这么地道的地球语言，说明它长大了。

偶尔我也会问它一些关于永生的事情。不知道是道不同不相为谋，还是人类这种常温常态的生命，根本没法理解，托卡马克的各种说法，我都听得云里雾里。照它的说法，所有的恒星都是永生的，它们本来是在一起的，现在彼此越分越远，但依旧心心相印，即便它们各自的核聚变终止了，它们也会换一种比永生还要永生的方式永生，宇宙能有多久，它们就能永生多久。总之，它回家，就是回到高温等离子的大家庭去，待在地球上太孤独了。跟我们生活在一起，对它来说就像跟一大堆皮鞋在一起一样。当然，我是其中最好的一双皮鞋。托卡马克这样安慰我。

分别的日子终于到了。当托卡马克得知火箭已经造好，自己即将动身前往太阳时，它激动坏了，发出来的波形上下抖动很是厉害，好些都跳出了范围，变成了语无伦次。当它最后被放进电炉，并被告知它这是进入火箭货舱后，它更是激动得说不出话来。但实际上，我离它有十万八千里远，主要是因为我不想看到它被烧成一堆炉渣的结局，所以我跑到了地球另一头，在一个海岛上，通过卫星直播，远程关注着一切进程。

点火进入倒计时，托卡马克就在断电前最后一毫秒，忽然吐出一句话。

"兄弟！"

我愣了一下，旋即明白托卡马克想干吗，这是它第一次用惊叹号！我一把抓起电话，接通现场指挥官。但在那一刹那，我又犹豫了，我不知该不该命令立即停止点火，全人类的幸福和一个托卡马克的心愿，究竟谁更重要？

十年之后，可控核聚变技术已经成了民用产品的标配，十年前的托卡马克没有食言，当再次通上电的它，恢复意识并感觉到自己即将被高温摧毁前，它把所有关于如何达到一亿摄氏度并持续1000秒的秘密，在三秒内全都说了出来。人类专门给托卡马克的炉渣开辟了一片土地，用以纪念它给人类文明带来的伟大贡献。至于这堆炉渣是否要送往太阳，完成它的心愿，大家依旧在争论。支持者认为人类应该言而有信；反对者认为，它在地球上被分解，根本就不是永生而是谋杀，它是真的死了，将它的残骸运到太阳上，难道不是毁尸灭迹吗？我对此曾经做过辩解，因为在地球上模拟的状况，和它在太空中遇到的状况，是没有差别的，所以它如果在地球上死了，那在太空里也一样是死，反过来，在地球上如今只是沉睡的话，那在太空里也是沉睡。可是另外有不少科学家不同意我这个说法,他们认为在太空里逐渐靠近太阳并最终混入日冕层,整个过程是持续升温的,也许那样它将有机会永生,但现在在地球上瞬间即恢复到了低温,也许就真的死了。

在托卡马克的墓地前,我献上一束花,久久看着墓碑上刻着的一行字,那是托卡马克说的最末一句话,附在当时那份长长的技术文档后面。

"夸父是个大傻瓜。"

后记:感谢 ASIPP 的甘春芸、李雅琴提供的 EAST 技术资料。各小标题摘自赖巍的系统2.0:Awaken。

七格,毕业于华东理工大学生物化学工程系,而后赴美获巴尔的摩马里兰艺术学院数字艺术硕士学位。现专业从事动画设计、绘画雕塑、小说、剧本创作等工作。主要作品包括《托卡马克兄弟》《万米城的清洁工》《盖世无双》等。出版作品包括《圆形游戏》《苹果核里的桃先生》《哲学水浒一百单八将》《脑洞大开的哲学简史》等。

○ 名师大语文

名师导读

　　托卡马克外形蠢萌,高11米、重达400吨,是一个温度达到七千多万摄氏度、持续时间200秒的可控核聚变装置,智商则相当于人类三岁孩童的水平。它在地球上太孤独了。跟人类生活在一起,对它来说就像跟一大堆皮鞋在一起一样。当然,主人公是其中最好的一双皮鞋。

　　作为一名严肃的、高质量核物理科研人员,主人公在发现自己的工作对象——托卡马克能发出和人类脑电波完全吻合的交流信号后,他的工作日常就变成了和托卡马克闲聊地球上的各种八卦,聊着聊着,还聊出了感情。

　　就像一个顽皮的小孩子一样,托卡马克总是不按大人的愿望去做事,而大人往往会低估三岁孩子的智商,所以主人公迟迟得不到他想要的答案——如何在当前的压力条件下,让托卡马克的温度达到一亿摄氏度、持续时间1000秒。现实中,2025年1月20日,EAST首次实现一亿摄氏度、1066秒稳态长脉冲高约束模等离体运行。

为了达成目标，主人公和他的科研团队对着信任他、把他当成兄弟的托卡马克合伙撒了一个谎。最终的结局似乎皆大欢喜，除了内心隐隐觉得内疚不安的主人公和是否永生还不得而知的托卡马克。

人造太阳

正式名称是ITER——国际热核聚变实验堆，是当今世界为解决人类未来能源问题而开展的、一个能产生大规模核聚变反应的装置。与不可再生能源和常规清洁能源不同，聚变能具有资源无限、不污染环境、不产生高放射性核废料等优点，是人类未来能源的主导形式之一，也是目前科学界认识到的可以最终解决人类社会能源问题和环境问题、推动人类社会可持续发展的重要途径之一。

托卡马克可控核聚变

核物理学重要研究对象之一，也称全超导托卡马克可控热核聚变（EAST），是一种利用磁约束来实现受控的核聚变，也是实现核聚变的重要途径之一。托卡马克核聚变的名字Tokamak来源于环形(toroidal)、真空室(kamera)、磁(magnet)、线圈(kotushka)这几个关键技术名词。托卡马克核聚变的中央是一个环形的真空室，外面缠绕着线圈。在通电的时候托卡马克的内部会产生巨大的螺旋形磁场,将其中的等离子体加热到很高的温度,以达到核聚变的目的。托卡马克核聚变可以把海水中富含的氘、氚放置在特定环境和超高温条件下使其实现核聚变反应,以释放巨大能量。最初,它是由位于苏联莫斯科的库尔恰托夫研究所的阿齐莫维齐等人在20世纪50年代发明的。

思维拓展

观滴水而见沧海。

小说灵感来源于安徽省合肥市科学岛上的全超导托卡马克核聚变实验装置(EAST),而如此壮观的实验过程被作者用一种戏谑的方式表达出来。比如,当主人公接到负责跟托卡马克沟通的任务时,他问了一个非常令人困扰的现实问题——"在合肥都买不起房子,还想去上海买房子,请问,可能吗?"托卡马克给出的反馈是"兄弟,不要买房,跟我回家。"这样的表达像是好朋友之间开了个玩笑。但是作者也在此埋下伏笔,最后他借助托卡马克的帮助,不仅成了研究中心的首席科学家,而且在合肥和上海都买了房子,好像所有人都过上了幸福的生活。

刚开始和人类进行交流的时候,托卡马克就像个普通的吃瓜群众一样,它关心房价、计算能力不强,其实这一切都是假象。在它决定将核聚变的核心技术告诉人类时,表现出的睿智与深刻与之前的呆萌和八卦形成鲜明的对比。

所有的高温等离子都来自恒星、来自宇宙。宇宙的寿命是多久，恒星和高温等离子的寿命就有多久。托卡马克也不例外，它希望回归宇宙，获得永生。文中的托卡马克已经拥有不为人知、不为常人理解的高级智慧，在它身上寄托了作者对科技的深刻思考——夸父是个大傻瓜。夸父逐日的精神是永不止步的追逐的精神，然而这种结局为自我毁灭的精神究竟有多大的意义呢？

偶然流浪在地球上的托卡马克注定是孤独的。如果你能有机会和它对话，你想和它交朋友吗？你会和它聊些什么话题呢？当你仰望浩瀚的星空时，你有没有好奇宇宙中的生命和智慧、组成宇宙的物质究竟有多少种呢？他们是如何获得能量或输出能量的呢？这一切又是如何产生和湮灭的呢？如果你也曾想过这个问题，可以试着动动笔把自己的想法记下来。或许，未来的某一天，一切正好发生。

一骑绝尘

张帆 / 著

大西北的午后阳光炙热。我推着自行车,看着眼前一望无际的戈壁,想着自己是如何落到了这般境地。

回想起来,一切都是从那篇帖子开始的。

那天下午难得不太忙。上一波实验刚刚宣告失败,下一批实验材料还在路上。老板不在,实验室的师兄师姐也在各忙各的。我把怎么也解释不清的实验数据扔到一边,缩进角落里堆满杂物的写字台,扯过一个小书架挡住自己,准备暂时不去想怎么也不出结果的实验和更加遥遥无期的论文，专心享受一会儿摸鱼时光。

我就是在那时看见那篇帖子的。

吸引我的是帖子的标题——"困扰了科学家近200年的问题：自行车骑起来为什么不会倒？"没有"震惊"，没有"崩溃"，没有一连串的感叹号，看来发帖的小编还没完全掌握信息时代爆款标题的窍门。

然而，作为一个有着十几年自行车驾龄的老骑友，一个以弘扬科学为己任的新时代青年，我对这个题目只有一个反应——嗤之以鼻。众所周知自行车有两个轮子，轮子转起来的时候有陀螺效应。哪怕不知道这个名词，转起来的轮子不容易倒，差不多也是个小孩都知道的常识。

压着满腔的不屑一顾，我点进那篇帖子，准备好好找几个破绽出来，敲打一下为了流量什么都敢编的小编，顺便疏解一下我压抑的心情。高精尖的实验我搞不定，在网上拆穿个标题党什么的总不算太难吧。

然而出乎我的意料，文章逻辑清晰，条理清楚。从自行车的起源流变一路分析到科学家的实验，人物有名有姓，配图详尽合理，还附上了一长串参考文献，无论怎么看都不像是瞎编。

突如其来的挑战激发了我的斗志。接下来的一整个下午，我在桌面层层叠叠文件的掩护下，拿出改论文的劲头，充分发挥了学术检索和翻译软件的强大功能，找到了文中提到的参考文献，甚至不惜动用了久违的高中物理知识画了受力分析图。最后我不得不承认，那篇文章说得对，自行车能够稳定前行靠的居然真的不是陀螺效应，也不是科学家们后来提出的杂七杂八的其他效应。具体靠的什么？不好意思，请参见题目——科学家都没搞清楚呢。

搞明白这一点时并没有什么惊雷炸响，也没有传说中照在脸上的一束光。只是一下午折腾出这么个结果，弄得我十分泄气。当然，还有一个小小的疑惑：这么多年，我到底是怎么把自行车骑走的呢？

不过这个疑惑并没困扰我太久。毕竟，无论"实验为什么失败"还是"论文什么时候能发"，都比这个小小的疑惑重要得多。

等我钻出书架和杂物构建的小小堡垒环顾四周，才发现实验室已经没人了。到自行车棚的时候天基本上已经黑透，路灯在脚下拖出两条长短不一的黑影。车棚里车子本就不多，现在更是只剩下孤零零的一辆。我像往常一样把车子推到路边，上车前心里却不免小小嘀咕了一下。好在多年的习惯动作已经形成肌肉记忆，指引着我左脚踏上脚踏，右脚蹬地，做出了一个标准的溜车动作。

车子晃晃悠悠地往前走了一点，还没等我抬腿迈过车身，已经连人带车结结实实摔了个嘴啃泥。

趴在地上的时候我的大脑一片空白，不只是因为疼，还因为完全没搞清发生了什么。这实在不能怪我可怜的脑子，毕竟自从十几年前学会骑车起，我的车技就以稳健著称。溜车摔倒这种事哪怕算不上奇耻大辱，也早被排除在思考列表之外了。

忽略身上被摔出来的酸痛，我扶着车子爬起来，磨磨蹭蹭地抖掉衣服上的土。大脑经过一番努力，做出了符合逻辑的判断——可能是刚才太过心神不宁加上天太黑，没注意到地面的状况，恰好被一块小石子什么的绊住了轮子。至于为什么现在找不到这小小的肇事者？肯定是被碾飞了呗。这就是一场微不足道的意外，而且值得欣慰的是，没人看见我摔倒的囧相。

既然搞清了原因，接下来就好办了。我先检查了下地面，确认这次不存在没注意到的障碍物，然后摆好姿势，凝神静气，脚下猛然发力。车子颤巍巍地往前走了一点，再次向一侧歪倒。好在这次我还算有所准备，在车子倒下的瞬间跳了下来。

现在肯定有什么不对了。

会骑车的人都知道，骑车这件事一旦学会几乎是忘不掉的。它会变成身体下意识的本能，甚至让人很难想起不会骑车时究竟是什么样子。可是这也带来了一个难题。一旦这个技能失效，我甚至不知道该从何下手。

莫非真的是因为下午那篇帖子？

理智告诉我这不可能。起码我还没听说哪篇文章有这么大的影响力。不过我倒是知道一些其他的例子。出过严重事故的人可能终身不敢骑车；溺过水的人也可能会患上恐水症，哪怕此前是个游泳高手。恐惧的记忆可以左右人的行为，甚至不是通过意识层面的作用，仅仅是印刻在潜意识的条件反射。

所以，我可能只是有点紧张而已。

脑子一刻没停，身体却不敢妄动。我保持着斜跨在车子上的姿势，迟迟下不了再试一次的决心。如果此刻有人路过，大概会看到一个人扭着自行车摆出诡异的造型，目光涣散，神色不定，仿佛正在苦苦思考人生。

很不幸，偏偏真的就有人路过。

来的是隔壁实验室的师姐，大方开朗还带点自来熟，像是特意为我打造的天敌。因为接不上她的话，我一般都选择绕着她走，这次看来是避无可避。人还没到，她声音已经飞到我耳边："才忙完？吃饭了没？要不要一起？"

来不及换姿势，我抓紧她靠近前最后几秒匆匆上车，摆出一副急着去拯救世界的架势。

"不用不用。我还有事，先走了！"

我在她不断逼近的炯炯目光中落荒而逃，等意识到时，人已经顺利出了院门，来到车水马龙的大街上。

没摔倒，没出任何意料之外的状况，就像从前的每一天一样。

之后的两天每次骑车时我都不免有些战战兢兢，可是类似的事情却没再发生。然而，正当我准备忘记这段不愉快的小插曲，同样的噩梦却再次上演。差不多的时间，差不多的地点，连倒下的姿势都没太大的差别。唯一的区别是这次我的膝盖上磕了个口子，疼得差点没当场喊出声。

这一次我学了个乖，借着路灯的光仔仔细细里里外外把车子查了三遍。车身完整，零件俱全，轴承顺滑，无论用什么标准看都是一辆很不错的单车。

活动下手腕脚踝，我闭上眼，顺利地把两根食指对在一起。看来我的神经系统也没啥问题。

站在原地犹豫许久,我决定还是再试一次。

这次我做好了充分的准备,甚至用上了初学骑车时才用的姿势——两脚分别放在车子两边。

几次深呼吸之后,看看左右无人,我用两只脚尖点着地,慢慢往前滑行。车子起先还晃了两下,眼看着速度越来越快,倒是逐渐稳定下来。我心里一阵窃喜,却不敢放松警惕,仍是死死握住车把。

"骑车回啊?年轻人就是有干劲。"

冷不防一个熟悉的声音从斜后方响起,我惊讶之中把车把顺势歪向一边。老板开着车自我身边掠过,转头留下一个"年轻人好好干"的赞许表情。

我一边努力稳住车把,一边挤出一个尽量显得阳光健康的"年轻人的"微笑,心里默默祈祷千万别在这时候摔倒。像是听见了我的心声,车子不自然地扭了几下之后,居然真的稳定下来,带着我平平安安地驶出院门。

回家的一路平安无事,怎么看都相当正常。

可惜这次"正常"持续的时间更加短暂。第二天一大早,我就栽在了宿舍门口。起床气连带着没睡醒的迷糊,让我的脸差点和地面来了次亲密接触。手忙脚乱地爬起来退到一边，我知道已经没法继续选择无视。

俗话说得好，事不过三。三是个奇妙的数字，像是量变到质变之间那一层若有若无的界限。它是古人口中"多"的代指，也是我脑中时刻绷紧的弦。实验至少要设置三组，每组至少有三份数据。连续三次的小概率事件不会发生，连续三次的数据错误多半意味着实验出了问题。

或者，意味着新的规律。

眼下我有两个选择：第一，坚持认定摔车就是个意外，自己则是特例中的特例，是走在路上都会被百万奖金砸到头的概率终结者，开启了某种奇怪光环的故事主角；第二，找到这个规律。

作为一个笃信自己车技的铁杆车友，一个坚定的科学青年，做出选择并不困难。

只有实验才能给我想要的答案。

做出决定的第一步，我去医院做了次全面体检。确保实验必需仪器——我的身体和大脑运行良好，是实验需要遵循的基本守则之一。同样检查过的还有我的车。我暗戳戳地把它借给别人骑了一下，没有收到任何有问题的反馈。

实验地点选在离宿舍不远的小公园。这里地方不大，人气也不怎么旺，只要错开一早一晚的散步高峰期，几乎见不到几个人影。蜿蜒的小路把本就不大的公园分隔成几块，树荫带来恰到好处的遮蔽，给我提供了不受打扰的绝佳所在。

设计实验倒是让我颇费了一番脑筋。之前的摔车毫无规律可言，这就意味着所有可能的影响因素都要考虑在内。经过几番详细考量，最终确定下来的方案每天分早中晚三次进行，每次都有三组不同的路程、速度、路况和骑行时间。为了形成对照，我甚至设计了单独将车子推出去的分组，以排除我这个车手的干扰。

实验的过程实在乏善可陈，唯一让我印象深刻的大概就是累。这绝对比在实验室里做做检测费劲儿多了。不过无论如何，我还是坚持了下来。

然而一番折腾之后，实验结果却很难让人满意。无论我换用怎样的排列组合处理数据，都没法在摔车和某个具体的因素之间建立相关性。

换句话说，实验很失败。

还真是……很符合我的风格。不知道最近这段时间我和实验是不是有什么仇来着。

但是实验也并非全无结果,起码我确定了两件事:第一,不论何时何地,不论什么状态,哪怕正骑到一半的时候,我都有可能从车上摔下来;第二,这概率远比我预想的要高得多。

看来在原因找到之前,我和自行车的缘分怕是要到此为止了。

老板发来的出差通知恰到好处地拯救了我,让我得以暂时从一团乱麻般的思绪里抽身。也许出一趟远门正是我现在需要的。

然而刚一出门我就开始后悔了。出差依旧难熬,而指望靠出差缓解心情简直就是天方夜谭。候机厅里,永不停歇的广播声混杂着辨别不出的食物气味,活像是把人扔进了煮过头的火锅底料里。我戴上耳机,假装隔绝掉外面的世界,努力让自己沉浸在手机推送的消息中。

这时候我看到了第二篇帖子。

第一时间吸引我的依然是标题:"困扰科学家们的难题:飞机为什么能上天?"相似的标题,同一个作者,看起来倒像是一个系列。鉴于之前那篇帖子给我造成了巨大的困扰,点进去之前我着实犹豫了一下,可是依然没斗过自己的好奇心。

和之前那篇文章差不多，文章里塞满了繁复的受力分析图、数不清的人物姓名和一串长长的参考文献。这一次我没试着去求证，而是直接跳到了最后的结论部分。

"……工程师知道如何设计飞机能让它们飞起来，但是方程式并不能解释为什么产生升力。我们熟悉的'伯努利理论'和牛顿定律，都只能解释其中的一部分。空气动力学家们并没有达成一个一致认可的理论。于是最终我们发现——没人能解释飞机为什么停在空中。"

在闷热的候机厅看完文章，我很难形容自己此刻的心情。登机通知在耳边响了又响，我被汹涌的人群推搡着上了飞机，直到坐到了座位上才来得及仔细回味着这些文字之外的含义。

我猜我的脸色看起来一定非常不好，连坐在我身边的阿姨都开始嘘寒问暖，还给我讲她第一次坐飞机时是多么紧张。换作平时，我可能会戴上耳机或者假装没听见。但是现在，她絮絮叨叨的声音倒是带来了某种奇异的安慰。

"年轻人要相信科学，你看我坐了这么多次飞机，也没见它掉下去不是？哎，我说你是不是恐高啊，要不我们换个位置？"

我这才反应过来自己的位置靠窗。

换完位置她安静下来，看了一会风景就歪到一边开始打盹，留我自己在那继续忐忑。一面安慰自己飞机失事这种小概率事件绝对不会发生在我身上，一面不断回想起无缘无故摔倒的自行车。

胡思乱想之际，身下的座位突然开始摇晃，机舱里响起熟悉到几乎能背过的广播：

"女士们，先生们：我们的飞机受气流影响有些颠簸，请不必担心，在座位坐好并系好安全带，不要在客舱中站立或走动……"

身边的阿姨似乎被广播吵到，侧了侧头换了个方向继续睡。我则捏紧了座椅的扶手，在一众淡定的成年人中间显得格格不入，像个被游乐园的高空设施吓坏的小朋友。

颠簸的时间比预想中更长，而且不知道是不是我的错觉，总觉得这颠簸非但没有减弱的迹象，反而越来越严重。

旁边的阿姨拉下了遮光板，我看不清机舱外的情况，但想来天气应该不太好。

又过了一会儿，颠簸依然没有停止。这下连阿姨也睡不安稳了，迷迷糊糊地开始抱怨，"过山车吗这是？飞行员技术行不行啊？"

我想说这事儿和飞行员的技术其实没多大关系。不过没等我开口，飞机上的广播再次响起：

"现在是机长广播：各位旅客，很抱歉地通知您，由于天气原因，我们的飞机即将于备用机场进行降落。请您系好安全带，收起小桌板，打开遮光板，将座椅靠背调直。请确认所有电子设备处于关闭状态。后续航线安排将根据天气情况决定，给你的旅程带来不便，在此深表歉意。"

广播快要结束时，阿姨已经打开了遮光板，我依稀看见不远处黑压压的云层。客舱的灯光已经被调暗，人们此起彼伏地抱怨还没有停歇。一道闪电忽然从黑云中钻出，刺痛了我的双眼，也将整个机舱照亮了一秒钟。

人群嘈杂的声音不见了，取而代之的是一片死寂。阿姨回头看了看我，像是想说点什么。不过最终她也没有开口，而是像我一样死死抓住了座椅扶手。

接下来的几十分钟，客舱中始终保持着这般诡异的寂静。大家的脸色都不太好，倒是让我显得没那么特殊。不过，显然我们担心的状况还是有着微妙的差别。

我等待着飞机最终失控掉下去的瞬间，想象着自己的生命会在哪里戛然而止。

然而这一刻并没有到来。

起落架触到地面的时候，整架飞机似乎都发出悠长的叹息。乘务员不停地告诉我们可以前往某个柜台办理手续，等待天气转好时给我们安排新的航班，航空公司还提供免费食宿。但是不少人像我一样，默默拖着行李离开了候机厅。

给老板打电话简单说了下情况，当然只说飞机临时改了航线，别的没提。想不到一向严厉的老板这次意外通情达理，爽快地同意了我改高铁的计划，还答应帮我向会议主办方请个假。

挂上电话我才隐隐约约想起，之前好像谁说过老板有恐飞症来着，不到万不得已绝不亲自出差，就算去也是尽量高铁。难怪。

不过以我现在的年纪，恐飞症实在是个不大合适的毛病。别说世界这么大，我还想着到处逛逛，就是将来去应聘，也不能告诉人家因为害怕坐飞机所以拒绝出差吧？

况且，这次的事情和摔自行车还有明显的区别。

显而易见，我的实验大法这次是没有用武之地了，好在查资料大法尚且可行。飞机事故多半是大新闻，多少总能查到些记录。

看了一堆事故报告之后，事情却越来越扑朔迷离。事实上，大部分飞机事故都是事出有因，无非天气、机械故障甚至人为失误。曾经盛行一时的神秘失踪传说其实数量极其稀少，且大多发生在十分久远的年代。种种迹象表明，就算人类真的不知道飞机飞起来的原理，无故坠机的概率也无限接近于零。

所以这次临时改航线真的只是因为天气，和我没什么关系。但这也意味着，我更没法找到其中的规律。

苦思冥想之际，我忽然灵光一闪，为什么不问问作者本人呢？

整理好之前的实验资料——包括详细的实验方案和密密麻麻的原始数据表格，我又仔细写下自己遇到的困扰，整篇东西看起来倒像是篇小论文。反复检查了几遍之后，我给自己鼓了鼓气，点下发送键。

之后就是漫长的等待。

就在我快要放弃的时候，终于收到了作者的回信。

邮件既没有标题也没有称呼，要不是末尾附了熟悉的笔名，差点就被我当成了垃圾邮件。这看起来不像是特地写给我的回信，倒更像设置好的自动回复。

邮件没有正文，但是有三个附件，似乎是三篇写好但还没发上网的文章。

第一个是大名鼎鼎的双缝干涉实验。

第二个是更加大名鼎鼎的观察者效应。

最后一个没那么出名，也没有那么多实验和示意图，更多的是在分析论述。大意是说生物与其生存环境之间相辅相成的关系。以氧气为例，最早地球上是没有氧气的，生物创造了氧气，改造了地球的环境，转而又想法设法适应环境的变化，最终才产生了现代我们熟悉的21%的氧气环境和已经适应了这个环境的生物。

我承认，这三封附件里的东西很有道理，但这和我问的事儿半点关系都没有。莫名其妙，驴唇不对马嘴，完全不解决问题。好在作者不知是有意还是无意留下了更有价值的东西——邮件末尾不但有笔名，还有他的详细联系方式，附带电话的那种。

拨通电话的时候，我忽然有些忐忑。该和对方说点什么呢？质问对方为何答非所问显然不够礼貌，而且看这个样子，人家显然不想在我身上多浪费时间。

这个棘手的问题很快解决了。

铃声一直响到最后，无人接听。

之后的几天里，我总是时不时想起邮件的内容。有时候我觉得作者似乎自有深意，只是我没有领悟到，但更多时候还是觉得不知所云。就这么折腾了一阵子，我打算彻底放弃这条鸡肋的线索，不料却接到了对方的回电。

确切地说，是对方号码的来电。

"请问是158尾号0038的机主吗？"对面的声音听起来相当严肃。

"是。"搞不清对方葫芦里卖的什么药，我只好老老实实地回答。

"这里是江城市江畔区派出所，有几个问题问你一下，希望你配合。"

"好……"这次我的声音开始没了底气。

"请您详细描述一下您和这个号码的机主是什么关系？怎么认识的？最后一次见面和电话联系分别是什么时候？"对面的问题连珠炮一般扔了过来。

就算再迟钝，我现在也知道有什么不对了。

好不容易用学术交流的借口搪塞了过去。明明说得基本是事实，我却磕磕绊绊，还带着颤音儿。好在对方似乎并未起疑，只是时不时追问一两句。

"那个，警察同志，能请问一下出了什么事儿吗？"眼看着问询就要结束,我赶紧插了一句进去。

"我们正在调查机主失踪的案子。如果想到什么新线索,请随时和我们联系。感谢您的热心配合。"

原来如此。我忙不迭地连应了几声,挂上电话时,脑子里却只剩"失踪"两个大字。

重新打开差点删掉的邮件,我盯着作者最后发来的附件出神。直觉告诉我作者的失踪一定和这几篇文章有关。可到底是如何关联的呢?按说我该把这个怀疑告诉警察,但想想警察可能的反应多半是劝我去看精神科,还是算了。

大概是出神的时间太久,不知不觉实验室又没人了。我趴在实验台上试着迷糊一会儿,可是睡得却并不安稳,总有些奇怪的梦闯进脑中。梦里一会儿是骑不走的自行车,一会儿是四处乱飞的电子。最惊悚的是不知道从哪冒出来的一群人,什么也不干,就死死地盯着我看。

最后,这些乱七八糟的元素居然被神奇地拼到了一起。无数个电子和质子聚集起来,变成我脚下的自行车。我在众人的目光中骑着车子一路狂奔,直到把所有的观众都甩在脑后。就在最后一丝目光也离我远去时,我突然就连人带车摔了出去,可是还没等落地,就和自行车一起消散,重新变成了电子云一样的东西。下一秒，闪电照亮机舱，映出许多人惨白的脸。

我猛然惊醒。

我想我终于意识到之前忽略的一个因素，像是打通了某种关卡，困扰我的问题忽然迎刃而解。

无论实验还是意外，之前所有自行车莫名摔倒的时候，周围恰好都没有其他人存在。也就是说，假如把我和自行车算作一个系统，那么这个系统缺少一个外在的观察者。

而飞机则刚好相反。飞机上最不缺的就是观察者。

至于我为什么忽然失去了"观察"的作用变成系统的一部分，大概还是要回到那篇帖子。

看到帖子之前，"自行车骑起来不会倒"对我来说就是个常识，就像这世界上无数的常识一样，无须证明，自然成立。然而当我看过那篇帖子并且彻底理解了它的内容，这个常识对我来说忽然不成立了。于是只有我在的时候，自行车就会突然倒下。

观察者会对被观测对象造成影响，就像生物与环境的协同发展。不过在宏观世界里，这种影响显然并非完全随机，而是遵循着某种既定的规律。可以把这种规律叫作常识，或者集体潜意识。

问题是，只有自行车遵循这种规律吗？

如果整个世界都是基于"常识"构建的，那么我们习以为常的一切——自然界的法则，宇宙的常数，是不是也符合这个规律？

假如所有的法则不过是我们集体潜意识的产物。当大部分人都意识到的那一刻，世界会重归混沌吗？

"我"呢？

想到这一点时，世界忽然开始变得不一样。房间里的灯光还亮着，视线却不再清晰，像是蒙上了一层薄薄的雾气。指尖敲打在桌子上嗒嗒嗒嗒的声音不见了，取而代之的是异样的触感，像是摸到实验台粗糙的内里。

我试着站起来，脚下却无处着力。想伸手扶住书架，手却不在该在的地方。一时之间，所有的信号在我脑子里似乎都乱了套，世界变成搅在一起的糨糊，周围的一切都失去了原有的边界。

我想逃跑，想大叫，不过没有一样能做得到。像是陷进流沙中的人，所有的挣扎都徒劳，只能等着慢慢陷落。

这下子我可知道作者为什么失踪了。可惜似乎有点太晚了。

就在我彻底放弃挣扎准备迎接自己不可逃避的命运时，实验室的大门猛地打开，世界的边缘重新清晰。过了好一会儿，我才注意到进来的是隔壁师姐，还有……我的老板。

等等。这是什么情况？

师姐一只手拿着手机对着我，似乎在拍什么小视频，另一只手从兜里掏出一个手环扔了过来。我接住看了看，似乎就是普通的运动手环。

"24小时监测心跳呼吸，数据随时上传到在线网站，当然是匿名的。"师姐比画了一下，示意我赶紧戴上。"或者你更喜欢在房间里安个摄像头全天直播？"

愣了一会儿，我慢慢从她的话中回过味儿来，抬头看了看她，又看了看一言不发的老板。不出预料，他俩的手腕上都有一个手环。

"你们……早就知道了？"

看我终于乖乖戴上了手环，师姐把手机关了扔到一边，拖过一把椅子坐在我旁边。"我们从网站上的帖子一路追到作者，结果还是晚了一步，没想到从他的邮箱联系人里居然发现了你。好在这次反应够及时，说起来，你还得感谢我们的救命之恩呢。"

"你们？"这听起来可不像她和老板能干的事儿。

"对了，还没告诉你我们协会的名字，这可是个关乎世界真相的秘密组织，你现在也算是自动享有入会资格了。"她又把手伸进衣兜掏啊掏，掏出一个徽章样的东西，"欢迎加入'学不会骑自行车协会'。"

要不是我刚刚经历过心有余悸的场面，现在绝对会以为自己被整蛊了。

见我一言不发，师姐把座位拖得更近了些。"怎么？你不会真的以为只有你发现了这个规律吧？我承认，你是有点小聪明，但是比你聪明的人也还有大把呢。作为你的入会引荐人，有什么疑问你尽可以问我们。"

有什么疑问？我可有太多疑问了！既然这么多人都知道的事儿，为什么从来都没听说过啊？就算不发科普，论文也该有好几百了吧？这么危险的状况就不能给点提醒吗？还有，这个协会的名字是认真的吗？既然让我入会我能不能提合理建议啊？

几百个问题左冲右突，最后脱口而出的却是另一个："那……我能在这个方向发论文吗？"

这时，一直默默坐在一边的老板终于说话了，一开口还是那个熟悉的语重心长的调子。

"年轻人，事情不是你想的这么简单呐。你想想，世界能维持住现在的状态，靠的是什么？是这么多年来一代又一代的人的努力。我们好不容易才有了一套理解世界的标准，一套大部分人觉得还不错的知识体系。一旦我们把真相公之于众，这个体系将面临前所未有的危机甚至崩溃。这意味着什么？别说我们之前那点科研成果，多少代人的心血都要毁于一旦，整个世界都岌岌可危。我们担不起这样的责任啊。所以，我们之所以什么都不做，就是为了保护这个世界。你知道对于一个科学工作者来说，这是多么痛苦的选择吗？"

被他不容置疑的气场镇住，我只剩下频频点头的份儿。

"不过嘛，"他接着说，"我就知道你是个科研的好苗子，现在倒是有个机会给你。"

他发过来一个地址，我打开看见光点定位在罗布泊边缘的一个小镇。

"协会在这儿有个新建成不久的研究所，刚好需要几个学生。既然你已经入会了，还这么有科研的心，我可以推荐你过去。"

"可是我这边的论文……"我小声嘀咕。

"读了博士，论文什么的可以慢慢来嘛。"

等等，我听见了什么？博士？这意思是我直博了？忽然之间，我仿佛茅塞顿开，想起师姐去年好像也是意外拿到了直博名额，还很是让我们羡慕了一番。

"年轻人，好好干，前途无量啊。"老板拍了拍我的肩，留下一个意味深长的微笑。"手续办好的话，下个月就可以过去了。对了，记得坐高铁。还有，带上你的自行车。"

就这样，我怀着窥见真理的喜悦和满腔对于科学的向往，踏上了前往大西北的旅程。

三个月后，罗布泊某秘密实验基地。

"今天下午我们有一场户外实验。那个，你，一会儿去测试一下场地。"新老板的手指毫不犹豫地指向我。

所谓测试场地，就是骑着车子在场地周围转一圈，不，应该说是摔一圈，确保实验场无其他观测者存在。

大西北的午后阳光炙热。我推着不远万里带来的自行车，望着眼前一望无际的戈壁，忍不住感慨自己万年不变的实验民工命运。

等到我顶着一头大汗折腾得气喘吁吁，老板和师兄们终于陆续来到实验场地。老板推着一辆改装过的自行车，车身侧面有两个看起来就科技含量很足的金属盒子。师兄们则费力地拖着一个巨大的充气垫。

"怎么样，今天的实验还能当车手吗？"老板的眼神充满了期待。

我一边点头，一边在心里默默诅咒当初填写个人资料的自己。是什么样的勇气让我在自我推荐那一栏写上了"擅长骑车，车龄十几年"以及"吃苦耐劳不怕摔"的？

"好，就知道你能行。"老板拍拍我的肩，转头开始指挥师兄们布置实验场地。

"浮游引擎第39组实验，准备！"

所谓浮游引擎，指的当然就是那两个金属盒子。盒子里有着极其精密复杂的设计，涉及超导效应、电磁转换、引力场作用等诸多理论，杂糅了现在世界上最尖端的科技成果。然而在场的人都心知肚明，无论看起来多么先进，盒子本身并不是重点。

我擦干头上的汗，跨上那辆银光闪闪的改装车，打开引擎开关。车子在众人的目光中缓缓前行。开始左摇右晃，中间颤颤巍巍，最后终于渐渐平稳下来。

师兄们拖着充气垫，寸步不离地跟在我身后。老板紧紧攥着手中记录实验数据的笔。

深吸一口气，我加大功率。车身抖了几下，然后在所有人期盼的眼神中，一点一点地，离开地面，升向空中。

如何在不违反常识和已知科学理论的情况下创造一项新技术？答案出乎意料的简单：只要有一小撮坚信不疑的人，和大部分虽然看不懂但却坚信这群人的人。

浮游引擎，或者说正在设计中的反重力引擎，利用的正是这个原理。

我低下头，对上一张张早已熟悉的脸。师兄们紧张的表情下透出难掩的兴奋，老板抬手揉了揉眼睛，浑然不觉手中的笔尖在额头画了一个对勾。

脚下的戈壁向着远方延伸，原本看起来差不多的砾石滩随高度变换颜色，像是活起来的印象派画作，让人头晕目眩。

我干脆闭上眼。

劲风掠过脸颊，让我回想起很多年前初学骑车的情景。像是忽然打开了一个开关，车子与我的身体间别扭的对抗不见了，取而代之的是来自身体内部的本能。肌肉记忆启动，熟悉的动作行云流水般倾泻而出。

调转车把，猛踩脚蹬，车子向着斜上方稳稳当当地驶去，把老板、师兄们和充气垫都远远甩在身后。不知道为什么，那一刻我无比确信自己绝不会摔下去，就像第一次学会骑车后再也忘不掉的那个瞬间。

张帆，生态学硕士，科幻作者，从事过科研、环保、新媒体等行业。借文字的力量理解世界，记录自己的所见，代表作《星潮》《一骑绝尘》等，发表于"不存在科幻"公众号。

名师大语文

名师导读

　　一个轻松的午后,主人公突然发现原本会骑自行车的自己突然失去了这个娴熟的技能。正在他着急万分时,又突然顺利地骑上了自行车。之后每次骑车时主人公都不免有些战战兢兢,可是类似的事情却没再发生。正当他准备忘记这段不愉快的小插曲,同样的噩梦却再次上演。

　　排除掉身体健康、自行车质量等因素后,他决定用科学的方法设计对照实验来探究问题的规律,然而无论他换用怎样的排列组合处理数据,都没法在摔车和某个具体的因素之间建立相关性。不久后乘飞机的相似经历更让他困惑与恐惧。在一系列神秘的事件之后,主人公终于明白了事情的真相,他被郑重其事地拉入了"学不会骑自行车协会"。在导师的指引下,主人公怀着窥见真理的喜悦和满腔对于科学的向往,踏上了前往大西北的旅程。

重力

地球上的物体运动状态的改变是因为受到地球向下的吸引力的作用,我们把这种由于地球的吸引而受到的力叫作重力,用 G 表示。$G=mg$。m 指的是物体的质量,g 指的是重力加速度,约为 9.8 米/秒^2。

我们之所以可以停留在地球上而没有被甩到天上,原因就在于重力。当物体的加速度不变时,重力的大小取决于物体的质量。质量越大时引力越大。而反重力系统就是给物体一个反作用力。当这个反作用力大于物体的重力时,这个物体就可以脱离地球的引力。如果作用力与反作用力达到平衡,我们就能脱离地球引力悬浮在空中。

1901年,自从英国科幻小说作者H.G.威尔斯在小说《第一个登上月球的人》中提出了"反重力"(能够摆脱引力束缚,使宇宙飞船飞向月球)的概念后,反重力已经成为人类一个多世纪的梦想。如果反重力确实存在,它必将改变整个世界。汽车、火车、轮船,所有你能想到的交通系统,都能通过从引力场中获取的能量驱动。最近,能改变世界的反重力研究,再次受到人们的关注,有消息说世界上最大的飞机制造商波音公司正在探索一些和反重力相关的新技术,这些新技术可能在将来某一天彻底改变当下的动力推进技术。

思维拓展

　　作者的表达于轻松幽默中又带有一些冷峻的思考。观察者会对被观测对象造成影响，就像生物与环境的协同发展。不过在宏观世界里，这种影响显然并非完全随机，而是遵循着某种既定的规律。可以把这种规律叫作常识，或者集体潜意识。问题是，只有自行车吗？如果整个世界都是基于"常识"构建的，那么我们习以为常的一切——自然界的法则，宇宙的常数，是不是也符合这个规律？假如所有的法则不过是我们集体潜意识的产物。当大部分人都意识到的那一刻，世界会重归混沌吗？

　　通过一波又一波地悬念设置，作者成功地吊起了读者的阅读兴趣。主人公因为被一篇毫不起眼的网络帖子开启了一段莫名其妙的"摔车"之旅。到险象环生的坐飞机的片段时，相信读者的心都跟着悬了起来。再后来他又被导师和师姐拉入一个神秘的协会，真是一波未平一波又起，在每一个情节背后又引发读者一连串的思考。

　　你会骑自行车吗？当你骑自行车的时候有没有考虑过自行车运转的原理是什么？为什么自行车不能倒着走？如果你读了这篇文章，就会发现看似合情合理的事情背后可能还有很多复杂的原因等待着你们去探索。做生活的有心人，还有更多有趣的世界等待着我们去发现！